散文无界 +

香巴拉

张鸿·著

山西出版传媒集团 北岳文艺出版社

图书在版编目（CIP）数据

香巴拉/张鸿著.—太原：北岳文艺出版社，2015.10（2023.9 重印）
　　ISBN 978–7–5378–4532–8

Ⅰ.①香… Ⅱ.①张… Ⅲ.①散文集–中国–当代 Ⅳ.①I267

中国版本图书馆 CIP 数据核字（2015）第 206009 号

书　　名	香巴拉
著　　者	张　鸿
责任编辑	李向丽
书籍设计	张永文
出版发行	山西出版传媒集团·北岳文艺出版社
地　　址	山西省太原市并州南路 57 号
邮　　编	030012
电　　话	0351-5628696（发行部） 0351-5628688（总编室）
传　　真	0351-5628680
网　　址	http://www.bywy.com
E – mail	bywycbs@163.com
印刷装订	山西万佳印业有限公司
开　　本	787mm×1092mm　1/16
字　　数	132 千字
印　　张	9.5
版　　次	2015 年 10 月第 1 版
印　　次	2023 年 9 月山西第 2 次印刷
书　　号	ISBN 978–7–5378–4532–8
定　　价	38.00 元

目录

在香格里拉转圈	/001
松赞林寺的转经筒	/004
3路车，通向松赞林寺	/011
2006，香格里拉	/016
洛克：在香格里拉行走	/028
在泸沽湖遇上一次葬礼	/034
自由岁月	/039
含泪播种的，必欢呼收割	/045
奔子栏的此里卓玛	/050
我想做个土司	/056
我的摩梭兄弟	/061
在吉祥的阳光照耀下	/068
独龙江，那一刻我无语	/074

不要挡住我的阳光　　　　／079
文面的喃奶奶　　　　　　／085
夜有一张脸　　　　　　　／091
我"溜"过怒江　　　　　　／096
众神汇聚卡瓦卡布　　　　／100
行走的声色元阳　　　　　／109
路那山里的女土司　　　　／114
听，阳光穿窗而来　　　　／120
建设的建，风水的水　　　／128
时空遗忘的角落　　　　　／132
迤萨：大山深处的欧式小镇　／136

那些感动过我的事物（代后记）／140

在香格里拉转圈

"这里有神圣的雪山,幽深的峡谷,飞舞的瀑布,被森林环绕的宁静的湖泊,徜徉在美丽草原上的成群的牛羊,净如明镜的天空,金碧辉煌的庙宇,这些都有着让人窒息的美丽。纯洁、好客的人们热情欢迎着远道而来的客人。这里是宗教的圣土,人间的天堂。在这里,太阳和月亮就停泊在你心中。这就是传说中的——香格里拉。"

你读了这段话吗?这是"Shangrila 香格里拉",英国作家詹姆斯·希尔顿的《消失的地平线》中描绘的位于中国藏族生活区的一个美好的地方。这里,住着以藏民族为主的数千居民,居民的信仰和习俗不相同,有儒、道、佛等教派,彼此团结友爱,幸福安康。各教派、各民族,人与人、人与自然都秉守着"适度"的美德。只有适度是完美的,才会远离罪恶。香格里拉社会祥和安宁,是自然与人的和谐。

我甚是好奇,希尔顿写作之时并没有来过中国,他何能写出如此畅销的一部书籍?

该书的中文译者考证后说,希尔顿的创作灵感来自奥地利裔美籍探险家约瑟夫·洛克从1924年到1935年在云南省西北部探险期间写就、在《国家地理杂志》发表的系列文章和照片。约瑟夫·洛克其人确是与滇西北有过不解之缘的传奇人物。当地人对这位寄情于高山峡谷之间、踏遍了中国西部壮丽雄奇的雪山冰峰、与穿藏族服装的纳西助手们相濡以沫的西方人有着抹不去的记忆。而滇西北这片世外桃源般的神奇土地及其文化,便是终身未娶的洛克大半辈子的精神依托和伴侣，以至于他到弥留之际都"宁愿回到玉龙雪山的鲜花丛中死去"。

这样一位不平凡的人物在西方社会文人学士必读的著名刊物《国家地理杂志》上发表的长篇纪实散文，把富于异国情调的滇西北民族风情以及雪山冰峰的气息带进读者的视线和脑海，引起他同时代的英国著名作家詹姆斯·希尔顿的注意和兴趣，并引发了其对"香格里拉"意境的创作灵感，这是情理之中的事情。

他们同样引起了我的关注。那是一个怎样神奇的地方？

同时让我关注的还有无数的传教士们，他们历经千辛万苦，甚至冒着生命危险来此传教，最终目的为何？也许不光只是在宗教方面取得胜利。1899年，英国园艺学学者威尔逊来到中国，并先后五次进行生物收集，他曾经写道："在整个北半球温带地区的任何地方，没有哪个园林不栽培数种源于中国的植物……园艺界深深地受益于东亚，这种受益将随着时间的迁移而增长。许多原先称为印度和毛里求斯的杜鹃，及其他许多美丽的鲜花，其实原产于中国。"苏联植物地理学和遗传学大师瓦维洛夫也说过："毫不夸张地说，有数以千计的观赏花木起源于中国，这些花木可见于全世界各地的花园，尤其是美国。"

几百年来，那些老外拿走了什么？留下了什么？

扳着指头算算，我先后十二次去云南，主要都在三江流域汇合处转圈。而这一地区从地理意义上都划归为"大香格里拉"。

丽江、泸沽湖、香格里拉、德钦，往上是西藏；

大理、贡山、独龙江、察隅，再往上还是西藏；

德钦、得荣、稻城，就到了四川。

藏传佛教中有一个概念"香巴拉"，有人认定，那个外国人书中的香格里拉（《消失的地平线》提到的）就是来源于这个概念。我一直感觉应该用"香巴拉"来代替"香格里拉"，但仔细琢磨，还是少了一些内涵。

香巴拉，是陶渊明的桃花源，是游牧或者充满农业文明的理想国。而香格里拉，从它的音韵或者给人的直觉来品味，似乎有一种对现代工业社会的失望，充满着逃离的欲望和梦想。

"香巴拉"与"香格里拉"，这两个词背后的潜台词迥异。

到了香格里拉，我才有了心中的"香格里拉"。一个宁静的田园式的国度，青山绿水雪山，自然的生活方式，人们有着的是有节制的物质欲望。在如此物欲横流的社会生活状况下，香格里拉应该是一个难以抵达的国度，充满艰难。只有充满艰难才让人神往，才能成为理想。

那里的人们是有精神寄托的，有寄托人才能安宁，才能洁净。

这是一个女性文化丰富的地区，《唐书》上记载的东女国就在这里，相对于工业化的男性社会而言，女性文化以她不为人关注和所谓小众而更神秘，更具价值。例如走婚，例如一妻多夫。

这个圈圈的种种让我着迷，流连忘返。因为在此，我体味到了本真的况味，它持久坚韧。我看到了神迹，处处显现，我也感受到了痛苦，这是一种让人新生的苦与痛。

万物都有灵魂。这边经幡舞动，梵呗声声；那边白色的教堂静静地立于玛尼堆旁或者河对岸，而半山腰，佛教寺庙香火也旺；此地，众神汇聚。

一次一次地行走于此，我越来越沉静。

松赞林寺的转经筒

那一天，我第一次去松赞林寺。

我慢慢地一路转动转经筒，突然想起，在六世达赖喇嘛仓央嘉措情诗里的句子：那一月，我摇动所有的转经筒，不为超度，只为触摸你的指尖；那一年，磕长头匍匐在山路，不为觐见，只为贴着你的温暖；那一世，转山转水转塔，不为修来世，只为途中与你相见……

我第二次来到这儿。虽然没有转山，没有磕长头，但我内心已经走了很远，已经感受到了温暖，也与你似乎谋过面。

初遇松赞林寺，是中甸军分区的周干事陪同，他是一个军人，对松赞林寺的历史有很深的了解。

看着这些高大的建筑和直入云天的金顶、吉祥物，我为松赞林寺浓烈的宗教氛围所笼罩，不由得虔诚和神圣起来。

"这就是当年的墙。"周指着一堵在"文革"中被炸毁的墙，让我进入了松赞林寺的历史回溯之旅。

松赞林寺于1679年破土动工，1681年竣工，那时候康巴藏区灾害多，七年连续无收成，民众不遵法度，僧侣不守法规，为了强化宗教统摄力，统治者经康熙皇帝准许，决定在藏区建十三林，松赞林是其中之一。建寺前，五世达赖占卜选择了寺址，并赐名"松赞林"，意为天神游戏的地方。寺院四周的山围成八瓣莲花形，就顺势修筑了宛若八瓣莲花的康仓，分管八大教区，加上宗喀巴殿、护法神殿、净室神舍等建筑，气势恢宏。汉名归化寺。寺院的前面有圣母湖，背靠"卡日峰"，东面有奶子河的源头，西面与释卡雪峰遥相呼应。寺院建成后，成为云南最大的藏传佛教寺院，香火旺盛，经常是这样一派撼人心魄的情景：在浑厚的法号声中，酥油灯青烟袅袅，七彩经幡缓缓飘动，身穿红衣头戴鸡冠帽的喇嘛的诵经声此起彼伏，朝圣的信徒络绎不绝……

神庇护着他的子民们，不论他的子民们是否崇敬他。曾经在一本书上读到过，莲花生大师曾说：每个人面前都有一个莲花生！

我一直认为我是无宗教信仰者，我对宗教的理解程度仅在于我尊敬宗教和尊敬有宗教信仰的人。

周干事告诉我，1936年5月1日，红二、六军团集结在当时仅有几百户藏民的中甸县城和近郊，老百姓大多躲进了山林。城外有座喇嘛寺就是松赞林寺，活佛松本对红军也惊恐不安，令全体僧人紧关寺院大门，严加防范。其中有位夏那古瓦的喇嘛自告奋勇地当代表，愿同红军首领谈判。5月2日，贺龙拜会了活佛，并进入佛厅。活佛和八大老僧表示愿为红军筹集粮草。两天后，就筹集了十万斤。松赞林寺对共产党打天下是有功的，而贺龙的功劳自不必言说。

三十年后，贺龙和寺庙都遭受灭顶之灾。

历史就是发生过的事实，任何人都无法回避。

我问周干事，"那寺庙里的文物和珍宝呢？""都毁了，全遗失了。神佛雕像宝座上镶嵌的珠玉宝石、金银、琥珀、玛瑙……统统都没有了。"我从神像面前双手合掌轻轻走过，"那现在的寺庙恢复了原先的雄伟吗？"周干事说："我听庙里的大活佛说过，目前的状态还不及从前的十分之一。"我内心有着一种无法言说的痛，也有着一种"钦佩"，人的力量，能创造世界，也能改变和毁灭世界。

历史总会让同一个主题做各式各样的变奏。我和周干事站在重建并仍一直在建设中的松赞林寺高高的平台上，听五色经幡在风中猎猎作响，无言地望着远方。

第一次松赞林寺之行，我受到的是历史的教育，而第二次，我却越来越感觉到与神的接近。

有时，从人间进入神域是很轻易的事情。

第二次松赞林寺之行，是藏族诗人扎西、中甸日报的编辑斯那取顶陪我。这一位斯那取顶是当地的文化精英，我和扎西都称他为"阿多"（中甸对大哥的尊称）。

这一次的天气出奇好，与我上一次来时完全不同。3路公共汽车绕过一道长长的山梁，前面赫然跃入眼帘的是一个庞大的建筑群。建筑群坐落在呈流线形的小山丘上，大大小小的房屋覆盖了整个山头。顶端两幢5层藏式碉楼，名扎参、吉康，坐北朝南，雄居中央，是寺的主体建筑。该藏式碉楼墙体棕红、层台高拱、檐角高翘、斗拱层叠、镀金铜瓦、旗幡飘扬，远远望去气势雄伟，金碧辉煌。从山顶顺势而下的，是栋栋白墙黑顶的小屋，鳞次栉比，参差错杂，密密匝匝。

走近，走近，我已进入神域。

苍穹下，金色的庙顶壮观辉煌，一条朝圣的石阶梯，陡直地从山顶上垂下来。白云被风吹动，大片大片地，一会儿把寺庙上的阳光挡住，一会儿又在天边快乐地跑着。寺庙飞快地阴晴变化着，金碧辉煌的庙宇一会儿变成凝重的暗金色，石梯上行走的僧人，深沉的赭红色僧袍，走着走着就完全进入了另一种境界。

拾梯而行，两边的藏式建筑静谧庄重地守卫着，鹅黄的墙，檐口和门窗细细地点缀着鲜艳的藏饰图案。有的门口挂着青花印染的布幔，风格全是藏式的。穿行在院落的土墙外，有的屋顶已经长起茅草，风吹起时，叶子互相拍打，发出沙沙的声音，偶尔还有一两只鹰炫耀地回旋而过。

两边的房子修建得类似北方的四合院，大一点的院子，门口有一排转经筒。我们安静地走到门口，摸着金黄色的圆筒上隐隐的图案，一个一个地转过去,古老的院子里木轴转动的声音神秘而和谐,淡淡的幸福从指尖上传过来。

通向山顶的石阶在山巅庙宇的红墙外打了个折,迂回的一段石梯,将金碧辉煌的庙宇围起来。站在楼道中部的平台上,可以清楚地看到中甸古城区。

天空好像在这里变宽了很多,低低的云被风吹成一丝一缕的,在周围的山上挂着。山是光秃秃的,或黄,或紫褐色,隐约有些绿。阳光暴掠过的土地,一片干涸的黄白色,小小的土房子低低地伏在山坡上,近处的树枝带着一点零星的绿色伸向天空,枝头在房屋的罅隙间将天空分割成乡愁缠绕般的龟裂状;几树高高的雪白的不知名的花开放着,夸张而茁壮的仙人掌伸展着……更多的是天空,响晴的天空,蓝得心无杂念,完美地在视野里,清晰而洁净。这个传说中的天堂,安静祥和,在阳光的照射下,细致而优美地显现出它空旷恬静的美。

红墙内是胜境。和其他藏庙一样,松赞林寺的门口是一个宽阔的坝子,高高的旗幡迎着风招展着;坝子很大,热闹非凡的庆典和朝圣可以在这里从容地举行。

有风时,庙四角的铃铛清脆而悠扬地响着,整个寺院被风吹奏起古老的静谧。广场上流连着几只老鹰,一会儿盘旋着俯冲下来,腾地又突然飞起,旺盛的生命,翅膀飞腾野性而神秘,给庙宇添了几分高原的粗犷。

进入庙宇的门在右边,小小的门,微弱的自然采光,中间玻璃天井透进来的光给门边的转经筒披上一层柔柔的逆光光晕。

厚厚的木头地面在脚下吱呀作响。

楼梯也是木头的,很陡,窄窄的,两个人刚好能错身而过,叽嘎叽嘎地响着。寺庙内光线不好,周围又都是奇怪的声音,走着走着就感觉到一种意味深长的神秘。

不算大的寺庙里面是层层叠叠的廊柱,虔诚的信徒顺着迂回的木梯爬到上一层的圣殿里。微弱的光线中，烟雾缭绕，老式的木房子呼吸着经久不衰的香烟；大殿里神像金光闪亮，高贵圣洁。

　　走在我们前面的藏民，穿着现代的衣服，微黑的脸膛泛着红光，轮廓分明的线条。他们默默地念叨着什么，两只手合在头顶，合着掌徐徐降到鼻尖，再慢慢放到胸前，不知道他们祈祷的是什么。有的人埋着头，表情凝重地全身匍匐在神像前，两手向前摊开，完全伏倒在神前，沉闷的佛堂甚至能听见他们头叩在木板上咚咚的响声。

　　佛祖右脚边是戴着眼镜的小喇嘛，黑黑瘦瘦的，一俟拜佛的人叩完头，往功德箱里放上几块钱，便利索地从身边的托盘里挑出一串木佛珠，往施主手掌上一挂，一段佛缘就这么结成了。

　　顺着人流在寺院里转了一圈。寺庙里供着几尊大大小小的佛，几乎都是金佛。昏暗中的那些从酥油灯而来的流光让人信服，四面八方的信徒赶到这里。佛堂一角的喇嘛，暗红色的衣服，坐在那里，目光深邃，有些尘缘纠结的香客，围在喇嘛周围，满面心事地相对着。

　　走进大殿，一个昏暗空旷的空间，众多方形大柱耸立其间，壁画彩绘墨浓色艳，殿内供有巨大佛像，足有两层楼高，有弥勒佛像和宗喀巴，及五世达赖铜像、七世达赖铜像，大殿两壁为藏经的"万卷阁"。大殿虽为土木建筑，气势却浩大，据说可坐一千六百名僧人念经。殿内神龛上成百上千盏酥油灯燃烧着，辐射出红黄的光晕，青烟连同宗教的气息扑面而来。

　　有几只狗也夹在其间凑热闹，跟着主人爬上爬下，对着转经筒摇头晃脑，还有狗儿跟在主人的脚后发着呆。空寂的佛堂，有了生灵的趣味。结缘而出的人群带着对另一个神灵世界的幻想，重新回到阳光明媚的大殿外。

　　扎西说他酒喝多了，不能进庙。我和阿多在大厅里走着，他将他那深厚的藏传佛教的知识传授给我。他领着我躬身从大厅两侧的一排悬着的装经文的柜子下走过，他说，这些被活佛喇嘛念过、手摸过无数遍的经文会给我们带来好运。他不厌其烦地示范着，目光专注，嘴唇不时翕动着，想必是在默念祈祷之词。

出了大厅，在门廊里，他指给我看那些色彩鲜丽的壁画，有的壁画描绘藏传佛教格鲁派至尊宗喀巴大师，有的描绘"六世轮回"，有的描绘"往生"。出了大厅，阿多一路和我讲着藏传佛教绘画艺术的特点和人物，有刚毅的天王，风情万种、妖媚的罗刹女，严厉的护法金刚。还有明王与明妃的结合体，代表着藏传大乘佛教利众慈悲与无上智慧。这些美术作品造型奇诡，设色明亮大胆，形象威严，无不刻画出神的超人强力，那是不可抗拒的信仰的威力。雪域净土的佛教绘画，密宗气息弥漫画面。无穷的梵天梵地和自然环境的不可征服性相沟通，显示出狰狞强悍的美，这是生存必备的一种力量，是艺术中的最佳转换。

无所事事的扎西却并不无聊，在大殿外拍照片，有纯真的孩子和小喇嘛一起嬉戏，有一个年轻的男老外斜倚在佛堂前的台阶上小睡。

在扎西的思维中，人间和神界是有许多相融之处吧?!

从大殿楼顶放眼远眺，中甸高原尽收眼底，连绵的山梁、淡黄的草地和秀丽的河流在阳光下闪亮，寺前是早已干涸的卓玛湖，两侧是收割后的草坝和高耸的青稞架，南边是森林密布的高山，西边远远可见晶莹的雪山，真是个好地方！

阿多和扎西告诉我说，寺庙建起后很快成为滇川藏交会处方圆千里的藏传佛教中心，鼎盛时僧侣达三千多人，他们在此讲经论道、著书立说，弘扬佛法、传播文化。那时有严格的清规戒律、严格的教学组织，有完备的教义和教法体系，藏传佛教也因寺院的存在而渗入社会生活的各个层面，寺院成了本地政教合一政权的最高权力机构。如今，权力带来的荣耀已被历史的风雨洗刷一尽，剩下的，只是作为一座大型宗教寺院本身所具有的庄严和神圣。

走下陡直的台阶,好像经过一次加持,从神界回到了人间。

我们一起转身,抬头望着高高的殿堂,站立。黄昏时的松赞林寺在浓浓的宗教氛围中散发着金色的辉煌,使我再一次陶醉在那令人痴迷的气氛里。五色经幡,金色法轮,白的墙,红的顶,那种明艳与夺目,把我心中最纯净与庄严的色彩渲染到了极致。一时间,我的心被无以言表的幸福充盈得满满的,满满的。

时不时地,我的眼前就会浮现出顺时针转动着的转经筒,木轴发出的"吱吱咿咿"的声音仿佛在诉说。

如果说,寺庙是神佛的居所,那转经筒就必定是人与神交流的媒介,由心而生的语言只有自己和神佛知道。

3路车，通向松赞林寺

3路车，从独克宗古城旁的中甸军分区门口开往松赞林寺。

这一路，正好贯通整个城区，由南向北，开进草原，开进村庄，也就从人间到了神域。

中甸人少车也少，好像只有总共5路公共汽车，车资一元，招手即停，想下就下。

我在中甸总共乘过两次公共汽车，都是3路车，巧合的是，都是同一趟车，车上司乘人员是一家三口，那小的才不到两岁。我的两次3路车之旅皆与吃有关。

我从军分区出来，起点只有我一人乘车，于是我就逗那个孩子玩并和年轻的母亲聊起来了。他们是四川人，来这儿生活已经三年了，起初是做点儿小生意，后来就承包了这车，做起了市内运输。

聊得开心，后来上车的客人也加入了我们的话题。一个回寺的喇嘛在松赞林寺有好多年了，他说他看到了城市的变化。他很有趣，说到3路车的变化时，全车跟着大笑。

他说，原来的3路车是最脏最破的，好玩的是，那时的车是司机手动开关门，工具就是一根橡皮筋，一定要一根粗粗的橡皮筋，一头拴在档位杆旁边，一头拴在门把上。注意，那橡皮筋要有弹性，长度要控制在不用力拉的时候，比从档位杆到车门的实际距离短一点儿，让两头拴上之后，有一个似紧又松的力度，加在车门上。这种手动装置其实在一种力的作用下还会成为一种"自动装置"呢,就是,利用汽车启动加速的惯性关门,用停车减速的惯性开门。但这个就要求司机要有很好的控制技术才可以,要不就不该开门的时候就开了门,不该关门就把门给关上,还夹着人!

喇嘛一说完,他自己笑了,连一直不说话的司机哥哥也笑了。

这是上午十时多,一路上上来了不少的喇嘛。我问我旁边那个说笑的胖喇嘛说,你们都认识吗?他说,基本上是不认识的。因为都不是在一起的,就像你们有单位的一样,我们不是一个"单位"的。

本想在城中心就下车,去逛自由市场,可一路这么聊着,就到了终点。我没有下车,我旁边的喇嘛一看我不下车,他很认真地说:"喔,你太客气了!把我送到家门口了。"我笑了起来,他下了车,走出几步,回过头来,对我说了一句什么我没有听清,之后,他笑着、大声说:"祝你平安!"

这是我没有预想到的快乐!

往回返,进城,车上人就多了。我又付了一元,那个年轻的母亲说,不用了,脸红红的。司机哥哥问我:"你是当兵的?"我想他看我是从军分区上的车就有了这种想法吧,我如实说,很多年前是,现在不是了。

我说我想去自由市场,那司机哥哥终于说话了,他问我去干什么。我说去"看菜"。他笑了起来,说中甸有三个菜市场,到时,他会把我放在最大的那个市场附近。

我是有"菜市场迷恋症"的,我知道,就算最贫乏的城镇,都会有菜市场,当然分为公办和"自由组合",而那种"自由组合"的就更充满了吸引我的种种元素。我对一个地方的人们的兴趣远比对自然景观的兴趣大得多。那上哪儿能看人们的真实本土的生活?菜市场。上菜市场像当地人一样逛,会发现自己很快进入了一个日常生活场景。这里有各种当地的土产、瓜果蔬菜、劳动工具、锅碗瓢盆……身边正有人在用方言讨价还价,可以轻松地看到大部分我想知道的事情:物产,人们的生活习惯,语言习惯，甚至性格特征……不知不觉中融入了一种全新的生活。

每个地方，都会有一两样食物我可以天天吃不生厌，即使离开也常会惦记。对整个云南来说，我极喜欢的食物就是与"饵"有关的食物，饵丝、饵块，说到这儿我又垂涎欲滴了。我的朋友们都知道我这一爱好，所以，我在云南的每一个地方，他们都会带我去寻找这一类的食物。有意思的是，有一次在昆明，正逢周六，一个将军哥哥让司机开着车，带着我在城里兜兜转转地找他记忆中的大理巍山的饵丝小店，可他知道的那些全部因为拆迁消失了。于是，他只好打电话求援。那天我们终于还是在一个极为偏僻的小巷里吃到了美味的饵丝，而那个小小的店里，人满满的。

这些让我惦记的食物很便宜也不怎么起眼，常常会遍布路边小摊或者老旧的居民区菜市，价钱大都在一至二元左右，但那分量足得让你于心不忍。

中甸有一样东西让我几天不吃就"心思思"，那是"鸡豆凉粉"。

"鸡豆"是什么东西？鸡生的豆子？像鸡的豆子？其实就是一种外表呈黑色的野生小豆子，滇西北很多地方都有，那当然在这一带都可以吃到鸡豆凉粉。中甸有很多人家还常常用它去煮汤和炒魔芋、酸菜。

在中甸最大的"金桥"市场，已近中午了，人不多。一路的小馆，卖包子豆浆、荞麦粑粑，还有酥油茶等等，没见到有鸡豆凉粉。我拍了许多的火腿、琵琶肉的照片后，一回头，看到了另一个方向有一档口卖鸡豆凉粉！

那个温柔的大妈，笑眯眯地看着我："吃热的还是凉的?"自然吃热的。她接着又问："熟一点儿? 生一点儿?"自然是熟一点儿好吃，黄黄的，香香的。她从那个圆圆的正煎着凉粉的铁板上，挑出符合我要求的，堆了满满一碗。"要不要辣?"赶紧声明，不要不要不要。于是，一碗加上了酥黄豆、香菜、花生末等十余种佐料的冒着尖的、热乎乎的"鸡豆凉粉"上来了。

大妈微笑地看着我吃，也不说话。而我，实在是缺乏战斗力，眼大肚子小。大妈说："不吃多点儿，走不远的。"我看到大妈还炸油条卖，我实在是馋油条了。我说，大妈，我想吃油条，可是吃不下了。"明天早上来吧，刚出锅的油条更好吃呢！"

手摸着胃，心满意足地走出市场，在市场口拍了几个大妈正在卖的酥油、菌类还有漂亮的野花的照片。我走到了大路上。

也许实在是吃太饱了，不想动弹，我就站在路边，啥也没想，走神了。一会儿，我听到一个声音，"老兵、老兵，这边，车上。"我一看，是那辆3路车，是那个司机哥哥。

我小跑过马路，上了他的车，车上没有什么乘客。他看到我很高兴，连连问我看到了好看的菜吗？然后不由得我说话，就说，要看好看的菜、要拍好看的菜要很早就去市场，现在下午的菜没有那么新鲜好看了啦。

我很奇怪他的变化为何如此之大时，从起初的不搭理人到现在的这么热情，真奇怪！他告诉我，他是90年代的兵，当了五年退伍了，然后和亲戚从四川来到了中甸。原来如此，我们曾为同一战壕里的战友呢！亲切！亲切！

我告诉他，我吃了鸡豆凉粉，还拍了很多照片，很有收获。我还看到了很漂亮很漂亮的油条，回想到多年前当兵时司务长炸的油条呢，真香，可是实在吃不下了。

他说，明天我接你去吃油条。我到了军分区，下了车。

第二天一早，招待所的小战士来敲我的门，说有人找。我愣了一会儿。我对分区领导说让我自由活动，还会有谁来"打扰"我？

到门口一看，是那个司机哥哥，他说带我去市场看菜吃油条！

我上了他的3路车，他居然一路飞奔，不上客人地就把我送到了我昨天来过的市场门口，然后，他就以一个很潇洒的姿势掉转车头走了。我想，如果车能开进市场他是一定会开进去的。

那天，我在市场没有待多久，拍了一些鲜翠欲滴的蔬菜的照片之后，就出了门，站在大路上。我希望能与他再次遇上，但等了许久都没有见到他的车。

我不知道他姓什么，也不能完全说出他长得什么样子。

但，我记住了中甸的3路车。

3路车，从军分区开往松赞林寺。

2006，香格里拉

4月11日　周四　阴

一大早，卢鲲就把我送到了昆明机场，去香格里拉（中甸、迪庆）的航班都是很早的。

这飞行员肯定是个新手，那飞机就像遇上风浪的海船，摇摇晃晃地着陆了，我很少有地晕机了。

天，灰灰的。军分区的周干事接我。

几乎每次都这样，大哥知道我要出门，就要告诉当地他的战友，让他们关照我。但，我常常会演一出"娜拉出走"。

周干事是一个很好的"导游"，他一路告诉我哪里好玩，哪里没有什么意思，可他不知道，他认为我好玩的地方我肯定感觉没有意思。

呵呵，他是贵州人，带我去吃"花溪米粉"，这正对我这晕机折磨的胃呀。

今天，几乎所有重要的记忆就是松赞林寺，这个"天神游戏的地方"。这个寺庙1679年动工，1681年竣工，至今香火很旺。

周干事告诉我，1936年5月，红二、六军集结在中甸，经过贺龙同志的努力，得到了松赞林寺众僧的帮助，筹集了十万斤粮草。可是，30年后，贺老总和松赞林寺都遭受了灭顶之灾，这是谁也想不到的。周干事对我进行了一番很好的革命史教育。

中午，周干事带我到了分区旁边的一个小餐馆，首长已经等在那儿了。这是他们的一个工作餐,说我也曾经是军人,还算是军人家属,那就不当外人。他们说着话,我一言不敢发。一会儿,进来两位军人,中尉,敬礼,然后落座,说圆满完成了任务,收缴了那两车从印度过来的军火,没有抓人。啊哦!紧张、兴奋。

我对司令说下午不出门,在房间休息。然后,悄悄地我一个人去了独克宗古城。分区就在古城的边上,挨着的。

在一家藏式的名为"布拉达"的咖啡馆,我上了二楼阳台坐着,无聊。上来一个给我续水的小姑娘,我猜她的名字是卓玛,一问真的是,呵呵,当然可能是姑娘蒙我,也很可能遍地都是卓玛。

在古城里晃了好一会儿,在"柴虫"小店和一个白族姑娘聊天,跟她学做首饰。笨手笨脚地,连珠子也穿不进去。拍了好些水平不高但我喜欢的照片。

走到了大街上,烈士陵园的门口。"烈士",这个名称让我有些诧异,但门关着。

大门边有一个长溜状的酒吧。这就是卢一萍书里写过的"西藏咖啡"。老板扎西是香格里拉民间自然保护协会的会长,妻子是一个法国人,博士,他们的婚礼是在雪山下举办的。

周干事给我电话,接我去吃晚饭。他站在酒吧的门口,怎么也不肯进来,等我出去。

周干事问我,你为什么去那种地方?哪种地方?我不知道。但根据我多年的军人生活经历,我明白了。

4月12日　周五　阴

离开昆明时,老雷告诉我如果有事情可以找在德钦写诗的扎西。一大早我给扎西打了一通电话。然后,我给首长留了一纸条在门卫小新兵那儿，跑了。

扎西说他乘车往中甸方向来，在中途办点儿事情，让我在奔子栏一个名为"春香园"的酒店等他，找一个叫强巴的人。

奔子栏，强巴。我想起了《从奴隶到将军》这部电影。

这一天的经历，我一生难忘，因为我遇到了卓玛。这一个卓玛，她在我的面前将所有一切放开，那种我没有经历过的别人的快乐，深深感染了我，让我紧随着她。还有两个孩子放纵地大笑和疯跑，在金沙江边。童年之后我再也没有过这种状态，像个孩子一样。就是在我是一个孩子的时候也少有这样的状况，那时我常和哥哥一起陪父母亲挨批挨斗。那些记忆，充斥了我的童年。

可一见到扎西她就紧拉着我的手，从江边陡坡爬上公路的那一刻，她愣住了。卓玛走后，他告诉我，她是个疯子！我瞪大了眼睛，非常惊奇。静了一会儿，我说：今天我是如此快乐！非常感谢她！

一路往德钦去，我沉思着。扎西问我，还是在想着卓玛？我说：我想到了神性。

晚上，扎西请我在镇上一个饭店吃饭，一路都是他的亲戚，这饭也吃成了流水席。他不停地向人介绍我这个汉族女人是谁？来干什么的。临近散席时，终于来了一个汉语说得很流利的黑黑的壮实男人，扎西称他小马哥，是一个从事环保工作的藏族人，"海龟"。好在这不是一个以"拯救人类"为己任的"环保斗士。"

小马哥出生于中甸，小有财产，藏名是提布次仁，小学时老师为了好记，把全班同学都给改了个汉名。当时他们的村长姓马，于是全班同学都姓了马。

4月13日 周六 阴

早晨，很兴奋地给老雷发短信：雪山入窗！

我一推开"藏乡大酒店"这间能看到最好景致的房间的窗，眼前就是雪山，云雾缥缥缈缈地就进来了，犹如天香熏室。感谢扎西同志，给了我这么好的一次享受机会。但后来扎西告诉我那不是卡瓦格博（一般都称为梅里雪山），只是一座普通的雪山而已。这种天气是看不到神山的面貌的。

我乘去佛山（这里也有一个佛山）的车去看卡瓦格博。遇到麻烦了，前面塌方，无法前进。等了许久，可能听到我的胃发出了强烈的抗议声，邻座的从乌鲁木齐来的胡建中给了我一个馕。他在民航工作，利用一切机会出来瞎逛。滴水之恩当涌泉相报，啥时我还他十个馕？

在扎西的催促下，我改乘一小"面的"返回镇上。我和他喝着茶聊天，这个多情又侠义的藏族人，讲着自己的故事，朗读自己的诗。也许他在故弄玄虚，那些故事处处都是神迹。诗人、藏族、长得还不赖，没有故事是不可能的。呵呵，只是他的妻子有性格，不和他玩了。

没有看到卡瓦格博，我不甘心。得知路已经可以通行后，扎西和小马哥陪我一起去看山。在观景台旁边的人家坐着喝茶后，我和扎西在院子里等着，祈盼云雾的消散。小马哥在屋里通过互联网工作，一只大黄猫在他身边。

晚上，扎西要去唱歌，也不知道他从哪个角落拉来了一堆的朋友，反正他说都是他的亲戚。

确实，藏族人的嗓音很独特，能唱也能吼，更能喝。八个男人，喝了十二瓶高度白酒。我喝的是茨中村出产的葡萄酒，扎西说：一般人是喝不到的。

喝了不少酒，胃不舒服，被子似乎能拧出水，无法入睡。开着电视，看西藏台，满耳都是听不懂、蹦跳着的语言。

4月14日　周日　阴

小马哥服务的那家美国NGO总部在中甸。在阿东这个云南与西藏交界的地方有一个小型的民间环保项目，目的是为了减少藏民因为祭拜而引起山火的可能性。他们要在几座山头建小庙，周边的山民都来此集中祭拜，便于管理。

他们要去检查建筑施工情况，我决定与他们同行。我们去的地方是一个叫荣波的村子。

我一向怕大型的动物，这一次是被好好地整了！

小马哥、木梭、白茫师傅还有我，乘车过明永冰川的路口，右行，往西藏方向去。贴山而行、过木桥，我一身冷汗。

车到尽头，该骑马了，我犯怵。被荣波村村长阿来一推，上了高头大马。马走悬崖，紧张得我差点儿尿裤子。木梭说快到了，我长出一口气，才发现我的手已经僵了，弯曲得很难恢复原状。

刚到一小块平地时，我的马一跃往前冲去，把我狠狠地摔到地上，慌乱中，我只知道有一个人用身子护住了我，挡住了退后的马。我赶忙连泥一起抓起落地的眼镜，看到白茫师傅也摔下来了。我俩相对大笑。

我感觉到了呼吸有些不畅，右边的腰一动就痛。小马哥要求我在阿来家休息，不要继续上山，免得出了问题。我用劲活动了一下身体，认定不会有大事儿，决定继续与他们上行。

继续上马。"Z"字形行走。从海拔二千八百米上行到了四千二百米的山头。

他们在检查小庙的基建工作，我在门外的一堆没有熄灭的火堆旁烤火。雾越来越大，什么也看不见，只听见不远处传来牦牛的脖铃声。我腰痛，伸直了腿，静静地坐着，一个人，有些恐惧。听着大自然的声响，仿佛置身于一个无人的境界，一时无法回到人间。

我的想象就如一只鸟儿飞翔，无限散发开来。当原本恐惧的事情发展到极致时，便不再可怕，取而代之的竟是一种无以言表的美丽。

晚上，为了欢迎小马哥这个专家级人物的到来，要在阿来家举办一个晚会。我认识了阿慈，十五岁，阿来村长的孙女。她的眼睛又大又黑，脸上有些许雀斑。她一直黏着我，整个晚会都抱着我的胳膊，小马哥说阿慈喜欢我，让我带她回广州。我还真是动了心想带她出山回广州。但木梭告诉我说阿慈长大了，不适合带出去。

木梭拉着弦子，引导着男男女女舞起来，还充当艺术指导，让每一个女人（代表一个家庭）编歌词，让大家紧张起来。我一句也听不懂，只能感受气氛。

我们要摸黑赶路返回德钦镇上，阿慈一直拉着我的手，念叨着奶奶教她的"□□"。真希望这姑娘以后能找到一个爱她的男人。

可以看出，村民们真的做好了准备，不希望我们离开。

4月15日　周一　阴

"有时候，桃花的坠落带着巨大的轰响，宛如惊蛰的霹雳。"这是马骅的诗句。

扎西和我讲了许多诗人、志愿者马骅的故事，那些细节挺感动我的。扎西和马骅是好朋友。扎西承认，马骅的所为他做不到，我也承认我做不到。

木梭是个多才多艺的家伙，能唱会跳还会作词编曲，现在在藏区流传的《耳环姑娘》《童谣》等是他的作品。

我感觉歌者是在让他人愉悦的同时先让自己愉悦，这才是艺术的最高境界吧?！但我，木梭称为"汉族女人"，无法放下那一种无形的拘谨。我为歌声和歌者所感动，尤其是木梭唱的《难忘今宵》，让我流下了泪。

木梭说，许多民间歌谣的歌词是现在的诗人们写不出来的，比如：

> 我最喜爱的颜色是白上再加上一点白，
> 仿佛积雪的岩石上落着一只纯白的雏鹰；
> 我最喜爱的颜色是绿上再加上一点儿绿
> 好比野核桃树林里飞来一只翠绿的鹦鹉。

4月16日　周二　阴

"白茫"藏语的意思是"莲花"。白茫雪山的垭口是云南省公路海拔最高的地方。在整个去白茫雪山的路程中，要经过近二十座高于五千米的山峰。该段路是滇藏线的重要路段。

鹅毛般的大雪，与修路的藏人的赭红色的皮袍，形成了极大的色差。

车辆在山峰间回转，一天之内可以经历四季。

因为大雪封山，不允许车辆上路。小马哥与当地的官员联系后，我们还是上路，返回中甸。路上，他说，白茫师傅的技术高超，他放心。师傅却说：如果路况实在是不好，我也不冒险，要返回的。

路上有不少车辆停在那里，斜着歪着的，一动也不敢动，害怕滑下山去。遇到有危险的情况时，白茫师傅就要求我们下车，步行往前一段。一路上，师傅解决了几辆车的危急状况。最后，能行走的车全都跟在我们的车后慢慢往前行，形成一个车队。

在德钦，听一个老藏人讲过一个故事。1986年10月，九世班禅大师莅临德钦时，行进在白茫雪山，大雪封山，不得不换上德钦本地的司机，用了几台推土机推开厚厚的积雪才能继续行进。

我还记得老作家白桦讲过一个故事：很多年前，他再次到中甸，有一个德钦的老朋友一定要见他。于是，见友心切，两人都往对方的方向而去。在白茫雪山,大雪封住了,车无法前行。白桦老先生的朋友就找了一辆拖拉机冒着大风大雪赶了出来,终于见了面。我走过大雪封山的白茫,正解这种情感的真挚。

路上要经过好几个垭口,每到一个垭口时,副驾位置上的年逾九十的白茫师傅的老父亲,都要摘下帽子,嘴里念念有词的。

4月18日 周四 晴

张鸿:你好!

这么快你就到家了,现在的交通发达得让我难以相信,更让人吃惊的是,通信也这么发达了,哈,好像我是个老古人似的。

德钦之行我觉得你一定很难忘,不完全是美好的,还有惊险和刺激,你那套高难度的动作,恐怕此生再难重演。

卡瓦格博没有露面,是要给你留个悬念,让你再来。

通过如梦的迷雾,我们又回到荣波,参与了一次仿佛是在千年之前的一个仪式,在舞之兴致处,马老先生和白茫师傅突然发难,深夜,我们一行四人如逃离虎口似的,匆匆出走,深一脚浅一脚,马老的眼镜上有雾气熏陶,不分东西,我们身在五里云雾,心在五味调罐里……

第二天,一大早,我与马老先生的对话如下。

(木):谁错谁先致歉。

(马):四人中,至少有三人认为我没错。

(木):看来,你们非要把我逼上自首投降的绝路。

(马):坦白从宽,抗拒从严。着惩前毖后、治病救人的原则,我们对以往的历史问题一律既往不咎。

(马):(接着说)当然马同志处理问题简单粗暴的态度也需要批评。

(木):咋个批?

(马)：先开个内部批斗会。

(木)：罚你和张鸿到寒舍午餐。

一听说有午餐，马乐极了，心中的怨气如阿东之雾，见光就散，恰时扎西来电约……以后的事，你也没有忘了。我不在这里重提。

你们走后，天放晴，果如扎西之言，张鸿所到之处，行云布雨。看来你不仅与护法有缘，还与水界龙王有亲缘，哪天我们这里遇上大旱，再请你上来做客。

木梭和小马哥是工作上的搭档，又是生活中的朋友。荣波之夜，藏民盛为热情，举行藏式"PARTY"欢迎我们，木梭认为应该领村民的情，住一晚，但小马哥和白茫师傅坚持要连夜返回。路上，木梭同志一路"诵经"，我想他一定是想平息心中的怒火，上了车，除了很给我面子，会回答我有意提出的乱七八糟的问题，他对小马哥和白茫不予理睬。看来，他是真的恼了。

也是奇怪，我在那儿的几天，天天是云遮雾绕的，我一走，天就放晴了。

我对他们心怀敬意。他们身处边远的地方，所做的事情不为我们所知，比如环保，比如资助穷苦的人家或孩子，比如成立"卡瓦格博文化社"保护藏族民间文化，等等。他们一直在踏实安静地做着这些事，而不是一味地在"聒噪"。

对了，说到"卡瓦格博文化社"，我就想起那个小个子、长头发的社长——斯朗伦布，他应该是公务员，但他是一妻多夫的呢。有机会，我想对这一风俗好好深入了解了解。

6月22日 周二 晴

几次经过丽江都没有去束河。朋友的朋友,一对王姓台湾夫妇,在束河开了一间驿站,名为"自由岁月",在挑水巷里。

王大哥来接我,我们乘他那进藏入川的吉普车,从悦榕庄那边绕过去,经过九鼎龙潭,不买票进入村子的后边。在"绿林"酒吧前右转,就到了。我们到时,女主人小芳才起床。

驿站接待的都是自助旅行者,来自世界各地都有。小小的院子由石头筑成,房子是纳西族的风格,土木结构。如果主人出门行走,不在家,客人可以自行在门上取钥匙,自己安排自己。走时想给多少钱就留多少。让人感到温暖的一对夫妇。

这时,来了一位打扮得极为随意的长发男人。两只小狗"比利"和"小小"直冲他吠。宁,束河的一个隐居者,他的居所在山腰上,名为"束之高阁"。听小芳说了他的伤感的情感经历,也知道他曾经在雨崩的小学当过志愿者,喜欢打学生的小手,学生都怕他。

每天宁就坐在院子里看手上的书、天上的云,不接电话不上网,时不时地出去转一转,买书。院子里的一个固定的地方放着一台傻瓜小相机,宁时不时随手按下快门,拍下即时的天空。

他的屋子是去年新建的,床位置的头顶由玻璃构造而成,可以看到天上的星星,甚至可以看见下雨、下雪。房间的三面都是可以完全打开的,宁说这是与大自然全然融合。和他同住一个院子的还有一个熊猫阿姨,是因为她曾经在束河开过一个川菜馆,叫"熊猫饭店"。她是几年前追随学美术的儿子来束河的,可后来儿子回了重庆工作,她却独自留了下来。

6月23日　周三　晴

小马哥昨天从中甸下来，今天要去虎跳峡工作，我跟着他们一起去。他说，他们这样的环保组织很需要媒体的帮助，需要鼓与呼。路上，我们遇上一个小伙子，小马哥和他聊了几句，他介绍说：这是小萧，萧亮中的弟弟。萧亮中的故事我是知道的。

萧亮中是人类学家，1972年出生在金沙江边的中甸县金江镇车轴村，这个多民族聚居的连接汉藏两地的村落，后来成为他硕士毕业论文和书稿《车轴》的田野调查基地。他为了捍卫这个村落，以及金沙江流域这片乡土和居民的权益，几年来四处奔走，几赴金沙江，用他的热情和坚韧来影响社会公众，劳累和焦虑最终击倒了他。2005年1月4日，他刚刚过三十二岁生日，正式到中国社科院边疆史地研究中心上班的第一天，就突发心脏病去世了。

他爱好文学，写下了不少文学作品，出版有《霞那人家》一书。

萧亮中极为关注虎跳峡的环保问题，因为他的积极参与，并提供了科学的依据，以至于在下虎跳建设中的金安桥水电站被暂时叫停。人们称他为"金沙江的守望者"。我读过这本书，书中的那张照片可以看出他是一个挺灵气的小伙子。

我们在虎跳峡步行，湍急的江水在我们身边奔腾，江中大石矗立，犹如虎跳悬崖。

小马哥的工作也就是萧亮中们致力的事业。他站在江边，告诉我如果一旦大坝建立，会对周边环境产生什么样的影响。

我内心隐隐地痛。

6月24日　周四　晴

今天，乘大巴去中甸，扎西和几个我不认识的朋友在等我。

天气出奇地好。一到中甸，扎西和"阿多"（大哥）、诗人、报社编辑斯那取顶陪我去松赞林寺，扎西说他酒喝多了，不宜进庙。阿多一路和我讲着松赞林寺的历史、建筑特点，以及色彩绚丽的壁画。雪域净土的佛教绘画，密宗气息弥漫画面。

那一周边的转经筒，让我想起了仓央嘉措的情诗。

相比第一次周干事的讲解，呵呵，我还是更能接受阿多的这一通说法。

见了几个朋友，人狼格，纳西族，诗写得不错，人也长得有特点，他是歌舞团的声乐演员；老作家查拉多吉的女儿、青年作家永基卓玛，这姑娘也是歌舞团的，弹琵琶，挺漂亮的。端庄的诗人单增曲措，嘿嘿，送了我一只她家自己原创的藏式小碗。

洛克在香格里拉行走

多少年之后，当约瑟夫·洛克在夏威夷檀香山的病床上写下这样的语句："我宁可死在玉龙雪山鲜花灿烂的原野上，而不愿躺在这冷冰冰的病床上。"洛克心中不知涌起多少往事的回忆，不知回忆起多少神往的雪山大川，不知有多少难以倾诉的内心苦旅，然而，在病痛折磨中的洛克，只能像一头困在陷阱中的雄狮，绝望地陷入在冷冰冰的世界。

1922年洛克作为美国农业部的雇员只身来到中国，他途经缅甸、越南进入昆明，然后到他神往的丽江，从此，一待就是二十七年。他先是进行植物学的研究，无意中被几个东巴字母和纳西人所吸引，进入了人文的行列。当年，除了几个与他熟识的纳西人之外，洛克是寂寞的。他的学问没有人知道，也没有人认可，好在他的植物学知识和摄影水平，为美国农业部和《国家地理》所赏识，所以，他在丽江的经费十分充裕。他请翻译，请保镖，请厨师，每次外出调查，都是浩浩荡荡的考察队。每到一个他感兴趣的山谷或村庄，他就住下来，考察、记日记和拍照片，终于写就了一部名为《中国西南古纳西王国》的著作，至今无人能与之匹敌。以植物学起步的洛克，最终在人文学科立足。特别是四十多年后，当丽江成功申报世界文化遗产，成为一个旅游之都后，洛克已经成了纳西文化研究的教父，声名如日中天。

是洛克成就了香格里拉还是香格里拉成就了他？

毫无疑问，洛克在云南的行走最初是以掠夺植物的商业目的为出发点的，并且还得到当时的中国政府的批准。他以丽江为总部，在中国的西南部从事植物考察，并随着时间的推移，他从对植物的研究转到了对纳西文化领域的研究，长期与纳西人共同生活。他把自己资料的存放地和休息地选在今天玉龙雪山脚下玉湖行政村的雪嵩自然村里一间纳西民居里，这间租用了二十七年的民居成就了他人生最辉煌、最值得回忆的历史。

当年，美国著名诗人埃兹拉·庞德读了《中国古西南纳西王国》之后，凭着诗人敏锐的触角捕捉到了洛克的生活，他用诗句表达了当时他想象的情景：

蒙蒙细雨
漂荡于河流
冰冷的云层闪烁着火光。
黎明的霞光中大雨倾泻，
木楞房顶下灯笼摇晃。

我们不能不佩服诗人的嗅觉和感悟，庞德没来过中国，更无法想象西南，但他的确比来过西南的人把握了西南。

丽江，我到过和经过五次。

丽江因为有了洛克和宣科，才更具有文化意味。这两人之间也有着千丝万缕的联系。

纳西古乐的宣导者——宣科，他凭着自己十多年政治牢狱的资本和从小在教会学校学会的流利英语，把在丽江收集到的纳西古乐改编后请一帮七八十岁的老人来演奏，并到世界各地演出，引起了世界的轰动，丽江的知名度和美誉在西方主流社会升温。

当时宣科的父亲宣明德就是洛克的翻译加助手。

洛克在中国期间还受聘美国《国家地理》杂志，给杂志拍摄照片和撰写文章。丽江地区的独特景象深深地吸引了西方人的目光，其中有一个叫詹姆斯·希尔顿的人根据他描述的景象写了一部《消失的地平线》的小说。小说中描写了一个叫香格里拉的地方简直是一个神仙世界，使许多人都在寻找这个美丽的地方。一直到了2001年，当时迪庆的中甸被批准改为香格里拉县。由此，滇西北地区的旅游就此升温。所以有人讲，如果没有洛克在《国家地理》发表介绍滇西北地区的文章和照片，就可能没有希尔顿笔下的香格里拉。没有香格里拉，也就未必有今天滇西北地区世界性的旅游热。当然，事实是否如此，只有希尔顿才知道。

洛克算是个奇人，1884年出生在奥地利的维也纳，六岁丧母，大学预科毕业后就离开父亲到欧洲打工游荡，二十岁的时候做了一家游轮的雇员，随船跑到美国属地的夏威夷。他很小的时候就开始学包括中文在内的各种语言，到后来他掌握了十九种外国语言，这些使他注定成为一名探险家。他在夏威夷期间对植物特别感兴趣，被夏威夷大学聘请做生物教授；做了十年老师后又不安分地跑到美国农业部，主动要求跑到远东进行农业考察。于是1922年5月他来到中国的西南地区作为农业考察员，后来被美国《国家地理》杂志社聘请做记者，受到杂志社的资助拍摄了大量当地的照片，包括当时世界上最先进的彩色照片。

抗战刚开始时，他并没有随其他白人撤离中国，而是继续在丽江整理他的资料，撰写文章。直到太平洋战争爆发，美国国防部发现他对中国西南地区的地理特别熟悉，就要求他回到华盛顿给美军地图供给部画地图，著名的"驼峰航线"就是出自他的手。

在美国期间，哈佛大学帮助他出版了《中国西南古纳西王国》，他在为美军服务期间，美军答应把他留在丽江那间民居里的照片、资料，特别是他心血之作《纳西——英文百科字典》手稿带到美国。结果运输他资料的船被日军的水雷击中，他的资料随即飘散大海。得到消息后洛克大病一场。到了1946年他终于获得哈佛大学植物学家的资助，再一次回到了他熟悉的丽江，在那间民居里再次完成了《纳西——英文百科字典》。

1949年他和宣科的姐姐和姐夫同坐一架美国飞机极不情愿地、依依不舍地离开了他生活工作了二十七年的丽江。洛克终身未婚，1962年他于夏威夷孤独离世，临终也没有再见到一朵玉龙雪山的鲜花。

曾经，宣科在讲解他的古乐时，提到洛克，说起他的家族与洛克之间的深厚渊源，为此，他到美国夏威夷去的时候特意去瞻仰了洛克的墓。

洛克是一个行者，一个真正意义上的行者，不论是从地理位置上还是从精神层面上来说。一个西方人懂十九国语言，懂汉字，懂纳西文字，在中国乡村工作生活二十七年。客观上他就是一个传播中华文化、纳西文化的使者，用西方人的视界传介东方的文化。

但于我而言，我一直认定他为一个"侵略者"，如今，欧美国家的多少植物物种是当时洛克带出境的？可能没有任何机构有一个确切的数字。有资料显示，在1928年4月至9月间，他从丽江经永宁到四川的木里，深入贡嘎山腹地，再返回丽江，单此行就采集了几千种植物标本，七百多种飞禽标本，这仅仅是半年时间，而他在中国的西南待了二十七年之久。

作为一个行者，于他而言，他是卓越的。

可以这么说，《消失的地平线》的作者希尔顿东方式的香格里拉幻境存在于西方文化的价值核心之中。在洛克看来，在美丽的自然风光中，土著文化才是真正的精髓，在遗作《纳西语英语百科辞典》的序言中，他曾这样动情地写道："我真正要感激的是那些纳西祭师，正是他们慢慢地打破了其隐匿的古老传统，耐心地开始教授我，在长达二十年的时间里，让我进入他们神圣的祭仪，进而揭开了存储在经书中的宗教内涵的珍贵价值。用这种文字，纳西人勾画出了他们的内部生活：自然界的力量激发着他们的情感，生与死的永恒主题，浪漫的爱情故事。他们对自然界的态度，自然哲理令人畏惧的力量使得他们与数不胜数的邪恶生灵搏斗——魔鬼、精灵、鬼怪，甚至是大小神灵。他们与神灵息息相通，并激发出他们的想象力与大自然和谐相处"。从白人中心主义者进化到文化相对论者，这也许正是洛克与许多到过云南的外国人的不同之处。

洛克当时不仅只是在丽江工作，还经常在各地考察，作为一个蓝眼睛黄头发的外国人在当时应该比较注目，但是他未必就是当时的名人。洛克的成就之一也许还在于与当地的军阀和土司头人搞好关系，这是他一切探险活动的基本保障。所以，真正了解他的人不多。他租住在雪嵩村的民居里，门平时都是关着，很少与当地人交流。他离开丽江后，他的居住地也没有多少人记住了。直到当地的一个民营企业家开始寻找他的旧居，雪嵩村的人也记不得他当时住在哪一户的哪一间了。后来还是凭洛克自己拍摄的一幅照片中房柱石基上的雕刻发现那一间就是他的居住间。

我去参观的时候，旧居已经被那个民企老板买下后翻修了，还花钱在村上收购了当时他临离开丽江前送村民的物品，再按照他的自拍相的布置摆设出来。洛克居住的院子共有三间房，呈U字形，中间是一个大院子，抬头看西边就是白色的玉龙雪山，坐西朝东的一间二层小楼是洛克租用的房子，楼下北边一间是厨房，有灶头在下面，所以今天看到的二楼洛克房间里还有那些被烟熏黑的痕迹。

从很小的木楼梯走到二楼，房间是长方形的，约四十平方米，屋子空间不大，房间摆设简陋，一只木桌子，一只单人木板床，一只可以折叠的帆布椅子，唯一有点洋气的是桌子上的咖啡豆研磨机。

南边一间已经改为洛克遗物陈列馆里，有他用过的皮箱，还有钉鞋的工具、猎枪，甚至还有理发工具，六十多年了，这个理发推子上的电镀，居然一点也没有脱落。

讲解员是村上的一个老人家，他小时候见过那个老外，今天也是义务为民企家看管这座纪念馆。他告诉我这些物品在村上收集的故事，包括花七百元收购那把理发推子。他告诉我说洛克不与别人多讲话，每次出来散步就牵着一只黑色的狗，看见村里人都会一笑。

在陈列馆里，我看到了洛克的《中国西南古纳西王国》，大十六开，有五百六十二页，共有五十五万字和二百五十五幅当地人生活的照片。书中详细记述了纳西人，及其文化、文字起源、历史、地理等等。这是1998年中国政府花钱从美国哈佛大学购买的版权翻译而来的。除文字外，那些珍贵的照片记录了纳西人的生活，颇为珍贵。如果没有洛克，在当时经济条件下，当地人根本不可能留下那么多照片，即便是那些土司贵族得买得起相机，也未必有这个兴趣去捕捉到这些底层社会生活的镜头。

今天，有政府出资把图书的中文版权买下，有民营企业家愿意出资给他建一个纪念馆，又有当地村里人义务来讲解，还有越来越多的游客来拜读他的著作，瞻仰他工作生活过的旧居。老洛克也从来不会想到的，想必九泉之下也会乐出声来！

但一定不是这样的。一个有使命感的行者，他重视的是自己的成就和心灵感受，他是一种精神，那就是"殉道"。

在泸沽湖遇上一次葬礼

外出时,我一向是很忌讳参观陵墓以及参加葬礼的,总是心有戚戚焉。

好友克琳是昆明一家私立学校的校长,她资助了几个泸沽湖的孩子在她的学校上学。春节她要去泸沽湖家访,我随她去了那儿。

这一次,我们遇上了一个葬礼。思忖了许久,好奇心还是驱使我硬着头皮去了。

那天,曹校长就像是通报一个重大事项一样神情庄重地告诉我们:"村里死人了。""是吗?"克琳应着。"是啊,就是你们买披肩的小店老板娘的舅舅。"他解释着。"哦,我想起来,是她家啊。""对的。"曹校长对克琳的回答流露出了一种欣慰。

接下来的几天,四处溜达,很快就把他们村子里有人去世的事忘记了。只是间或从曹校长帮忙给人家出这个主意出拿那个主意时,才想起他们村子里还有着这样一个大事。临走前一天晚上,曹校长带我和克琳去了那个办丧事的家里。

去前,我们很忐忑地问他:"合适吗?去人家参加仪式?"他说:"去么,你们没见过的,我们摩梭人的仪式很奇特,和你们汉人不一样的。再说了,村里人都很熟悉很尊敬张校长的,他们不会说什么的,还会感觉荣幸的。"看着曹校长诚恳坚决的态度,我们还是跟着去了。就这样,那天晚上,我们成了摩梭葬礼仪式上的外乡人。

一路上，曹校长告诉我们，摩梭人认为自己的生命有三个阶段：第一阶段是从脱胎到年满十二岁，完成第一次生命的轮回；第二阶段是从十三岁的第一天到死，度过现世的全部生命；第三阶段是从死时开始一个新的生命里程，直至永远。

摩梭人死后要捆绑成胎儿状入棺火葬，否则会断了再次投生的缘分。摩梭人死后不立碑、不建坟，而是把骨灰撒在山上或埋在树下。他们坚信灵魂不散，死了的人只是肉体躯壳的更换而已，在此地消亡正是为了在别处重生。活着的人之所以要倾其所有为死者举办隆重的葬礼，是因为他们坚信，那是亡灵圆满地回到祖居地投生的开始。

一走到那家的院子附近，就看见不少人在进进出出忙碌着。一个吹打乐器的班子坐在祖屋的台阶下，一帮人正在喝茶抽烟聊天，几个年轻人在院子里的树上挂着鞭炮，从老祖母屋里传来阵阵的诵经声。

我们迈进老屋的高门槛，一看才知道，妇女是进不了祖屋的。于是，我们和其他很多的妇女都站在面对祖屋的夹道里。

灵堂设在祖屋的上火塘。那里挂满了死者的衣物等生前用品。供柜上供奉着食品、酒水、糖果等。最让我惊异的是，死者竟真的被折成一个胎儿状装进一个一米来高的柜子里，柜子上燃着火葬之前日夜通明的油灯。

上火铺的位置盘坐着十几位喇嘛，还有村里有权威的长老。由身份显赫的喇嘛（其中就有曹校长的弟弟）和长老分别担任主诵经人和总指挥。

喇嘛除了念"远著"经外，还要念"嘛尼估"经为死者超度，还要帮助死者诵读六字箴言积累功德，以便早日超脱。经文我是一句也听不懂，只是跟着喇嘛那抑扬顿挫的声音感受着一种神圣肃穆的氛围。每当喇嘛诵经到一段落，火铺下坐满一片的孩子们就像诵经班的歌童悠扬地唱了起来。那歌声伴随着屋外那长长的喇叭声如同天籁之音徐徐飘来，让我的灵魂一下仿佛飞到了肉体之外的天国，神色渐渐恍惚起来。

突然歌声在一个空灵绝美的音符上戛然而止，慢慢地让你漂浮的灵魂回落到肉体中。直到今天，我依然能回忆起那悠扬的歌声，依然不明白唱的到底是什么，为什么，怎么会在那样一个音符上停止。

歌声停止后，会有几个妇女端着一笸箩的饼干糖果给孩子们分发，每当她们从老屋出来，也总不忘给我和克琳手里塞上几块。

喇嘛诵经一遍接一遍，孩子们的歌声响起又响起，我们手里的糖块儿多了又多，最后竟然装满小小的一塑料袋儿。

这样的程序进行了个把时辰，就见一个摩梭女人哭天抹泪地冲进祖屋跪倒在灵柩前。那种悲痛欲绝的样子，我听不懂她嘴里念叨的是什么，但那种悲伤的气氛再一次感染了我，眼泪倏地滑落到脸颊上。

很快，有很多目光凝集在我的脸上。一个城市的外乡人，一个和这里非亲非故的城里女人，此时此刻流下的眼泪显然是感动了这些摩梭人。于是，女人把更多的糖果放在我的手里，而经过我身边的男人都要给我递上一支香烟。

喇嘛诵经，儿童唱歌，外面鞭炮齐鸣，喇叭声声，死者的侄子侄女们一个个扑倒在灵柩前哭丧，加上院子里人们的谈笑声和后厨飘出的香味儿，把我的情绪弄得很异样。面对此情此景，我想起了我们民族传统中的"老喜丧"的说法。人生本是悲喜交加，死后莫非是喜大过了悲？我带着一些茫然和困惑看着眼前的一切。

终于在某一时刻仪式停止了。一直是葬礼"主心骨"的曹校长走了过来，对我们说，我送你们回家吧。克琳点点头，拉着我的手走到院子里。"你等会儿还要来吗？"我问，"是的，我们还要喝酒，回去要迟得很。"校长对我们说。"哦，那些不走的人都是要喝酒的吧？"我疑惑地问。"已经吃了十来天了，明天送葬，烧了后就不再吃了。""啊！！！"我惊异地瞪大了眼睛。

夜晚，没有月光，我们三人手拉着手，或扯着衣服，一脚高一脚低地走着。不大工夫，我们就走进了曹校长家的大院，迈进了老屋的门。

火塘里的火依然是扑腾扑腾地燃烧着,阿妈蜷曲在火塘边打着盹,见到我们回来了,点头打着招呼。我在火塘边坐下,伸着手烤火,眼睛有点发直。这时候,姨妈用一个掉了瓷的搪瓷缸给我泡了杯茶,递到我的手上。

阿妈看到一向活泼的我有些发蔫,就主动开口问话。她说的夹杂摩梭话的普通话让我听起来有些费劲,但还算能听懂。她问我去了那办葬礼的人家,看了不舒服吧?我点点头:"是不舒服,有些难过。"正说着,曹校长走了进来,他和阿妈和姨妈说话。克琳告诉我,他们是说我在仪式上流眼泪的事。两位老人用慈爱的眼光看着我,一时竟让我不好意思起来。

我给阿妈点上烟:"咱们这里丧事都这样办吗?""哎……"阿妈叹了口气:"是啊,家家都这样办的噢,死不起人喽,死不起人喽。"从曹校长的解释中,我慢慢明白,丧事对一个摩梭人家那真是件天大的事。为办丧事,他们可以倾其所有,散尽钱财,有的家庭甚至负债累累。丧礼的仪式可以从几天到十几天不等,在这期间,要吃掉大量的肉、米、茶、酒烟和糖果,以及用掉大量布匹和其他杂物。还要为酬谢喇嘛花费数量不定的现金,另外有的地方还要以牲畜相送。焚烧当天,在死者的身上还要佩戴上金银珠宝和有价值的一些饰品。而这些烧不坏的东西,也像死者的骨灰一样撒在土里或者埋在树下。这样粗粗一算下来,花费几万元都不是个大数目了。可对于一个没有额外收入,只能以地为生的摩梭家庭来说,这就背了个天大的债务,他们将用尽几年或十几年的时间来偿还。

曹校长是本地的文化人,家家户户的大事小情、红白喜事少不了他出场,他拿着手电筒赶紧又出了门。

在泸沽湖的这些日子,原始自然的风景令我陶醉,淳朴善良的人们令我感动,而成就这一切,不能不说,和地域的偏远和闭塞有着直接的关系。而正是这样的偏远和闭塞,又使这支古老的民族长时间保留着他们认为合理的传统,某些传统一旦受到外界文明冲击时,是否也会被摒弃呢?

从刚一开始去参加丧礼仪式时的新奇，到回来后的困惑，之后感到茫然，我不知道该如何与克琳交流自己内心的想法。看着阿妈一脸无奈的表情，望着火塘里旺腾腾的火苗，我突然感觉到了一种烧到心里的灼痛。明天就是那个死者火化的日子，一个死去的肉体的灵魂将在另一个地方获得重生，将会附着在另一个肉体上而诞生一个新的生命。

　　我想，他们日夜诵经，虔诚祈福的就是这个吧！

自由岁月

多年前,在《波德莱尔美学论文选》中,有一句话让我记忆深刻:"让我们好好爱自己!"这一句话给过我无穷的思索,我一直认为永恒的美好情感和生活,只会在那人心达不到的地方。

我习惯于在路上,用脑子"行走",用脚"阅读"。有的地方会离我越来越近,而有的地方只会越来越远……

有人说丽江的时光是柔软的,那儿的水车翻过一页又一页隐藏的岁月。丽江的巷子、酒吧,丽江的小桥、流水,丽江的艳遇、柔情,这一切都能让人迷失。而我却认为,丽江的时光确实精致,但她满布的红灯笼,已全然如涂满脂粉的老妇,心中涌动着无限的激情,却叹无力迎春风了。

丽江的束河古镇,历史比丽江的大研古镇还早两百多年,是"茶马古道"上保存最完好的重要集镇,更是纳西人从农耕文明走向商业文明的活标本。在这儿,可以了解到马帮的形成,以及小镇当年是如何"对外开放"的。而今,这儿除了小小的古镇,还有后开发出来并仍在开发的束河新镇。

现在,要从大研乘车去束河,也不是说去束河,该说去"龙门寺"。当时的龙门寺建立在九鼎龙潭之上,而这九鼎龙潭是束河除了雪山水的另一水源。在龙门寺可以鸟瞰束河全景,当地纳西族诗人和志敏(1879—1959),是清朝末年的秀才,出生在束河的书香世家,他曾经在这里写下了他的《龙门寺眺望》:

山门寂寞带秋寒，放眼犹观独倚栏。
诗客迢遥千里外，篆烟缥缈一炉檀。
汀芦绕水浅深白，枫树含霜疏密丹。
天地相连无障碍，澄心印证照澄潭。

徜徉于龙泉之畔，漫步于束河古街，总能让人感受到一股浓郁的文化气息。在寺院的旁边，有一个"三圣宫"楼阁，里边供奉的是皮匠祖师，那是束河人的骄傲，因为他拥有"一根锥子走天下"的美誉。而在石莲寺，可以看到藏传佛教的尊师，还有汉族人熟悉的观音。精神的宗教和物质的生存，在这儿是同样受到尊崇的。

挑水巷口的"三眼井"，就是纳西文明的一个小特征。三口井台阶式地一字排下，第一口井饮用，第二口井洗菜，第三口井洗衣。在饮用的井边，有水杯或碗，供路人使用。当年徐霞客游芝山解脱林时，曾到过此地，在他的记述中这样写道："过一枯涧石桥，西瞻中海，柳暗波萦，有大聚落临其上，是为十和院。""十和"即今束河之古称。可见，早在明代，这里已是丽江的重要集镇了。

偶然，我来到了挑水巷的"自由岁月"驿站，驿站就在古镇的边上，临近龙泉寺的九鼎龙潭。主人是一对从前在新加坡电视台工作的王姓"台湾"人。

这小小的地方不可能给我自由的"岁月"，但她改变了我以往的想法。其实，耳在风中，目在景里，心能达到的地方也许就是自己的情感和生活所及。让我们自己好好爱自己！

朋友告诉我，王大哥和他的夫人晓芳离开新加坡后，在深圳工作过，几年多前他们来到了这儿，并从此"安营扎寨"。

还没到驿站，来接我们的王大哥说，晓芳还在睡觉，我暗想，这可是日上三竿之时!

我们乘王大哥那曾经入藏进川的吉普车,直接从村后进入了古城,他这做法很明智。一是,呵呵,可以省下很多门票钱;还有更重要的就是,不用从正门那些"现代化"的建筑、商业味极浓的肆集中穿过。这一点,王大哥考虑到了。一个细致的人,他言语不多,语调暖暖的,缓缓的。也许他知道我已不是那些看到五颜六色的商品而眼睛放光的"初级驴友"了。

"自由岁月"的狗也那么自在,"比利"和"小小"是一对"兄妹",对"来的都是客"这一点掌握得很好,一个劲地摇头摆尾舔人脚丫,刚坐下,它们就一个接一个地蹿上人身。可刚刚起床的晓芳说,那可不一定,狗狗对那些"另类"的人还是会有情绪的。

王大哥夫妇都是爱玩的人,喜欢走自己的路,喜欢过自己想要的生活。所以在丽江束河创建了"自由岁月"驿站,希望在自己悠游生活的同时,能够将客栈的一些盈利为藏区的学校做一些事情。王大哥一直觉得,有些路,一辈子或者只能走一次,但永远不会忘记;有些人,一辈子或许只能擦肩而过,但会永远怀念。

十九世纪法国诗人彼埃尔·杜邦在他的诗作《工人之歌》中写道:"爱比战争更强大。"

驿站接待的多是自助旅行者,王大哥夫妇希望大家能在四合院里面相互交流各自旅行的心得,来自五湖四海的朋友相聚在这里,享受自由的生活。

小小的院子是石头筑就,用整条的石块,严丝合缝地垒起,黄泥勾缝,大块石头做地基。近院子门口种上了紫藤,对着门的院墙边,紫荆还有一些不知名的花草正在开放着,也有兰花,可以看出不是精品,虽然也娇贵清雅,却和那些恣意生长的植物随意地待在一起,那棵小小的向日葵下偎依着一大一小的两只纳西人的吉祥物"瓦猫",还有两只长得很高大的"兄弟"正站在驿站的门口站岗。厨房边的篱笆上挂满了老玉米,我看也只是为了装饰,但厨房是简易和开放的,居于此的人都可以用。驿站不大,是纳西族的土木式构造,相对着有两幢房,右边是一排平房,左边是两层木楼,好像只有三五间可以用于接待。有趣的是,有的朋友来了就不想走,宁愿在小院子里搭起帐篷。这儿没有电视,但电脑、冰箱和洗衣机还是有的。

他们很喜欢朋友说过的一句话:"还记得我们共同走过的那段自由岁月吗?"所以驿站有了这样的一个名字,他们希望朋友们在自由岁月里面,会得到你所想要的东西。这里没有客人,来的都是主人。

这时,两只小狗大叫了起来,原来,来了一位有意思的人物,一位蛰居于山上的"束之高阁"的主人宁,长发披肩,穿着海南才有的大花裤衩,"比利"和"小小"看他不顺眼吧!好在,是老朋友了,小狗很快就与宁亲昵了起来。宁,不爱说话,却让人感觉内里藏着很多不足以与外人道的高明。在这种地方遇上这一类人物,正常。

中午和王大哥夫妇,还有王大哥的从台湾来的姨妈一起在"熊猫小堂"吃午饭。晓芳说,他们刚来束河时就住在这儿,每天早上都有"熊猫"阿姨做好的早餐,这让从不早起的她着实上了一段美好的日子,人整个胖了一圈。如今,"熊猫"阿姨感觉累了,不再经营,只是安安静静地住在山上的一幢房子里。而他们也自己独立住了出去,与阿姨比邻而居。

按宁的说法,他们正在建设社会主义新农村呢!这不,小小的束河古镇,一年一年来,那些古宅改建的客栈、酒吧几乎全是外地人来经营;还有许多的居民是外来人,他们也不经营生意,也不抛头露面,只是隐于此。也许,社会主义的新农村并不是就在临街的地方建设几幢有气派的建筑而已,更多的是要有一种"新"生活方式,有更多内涵的东西吧?

正如我的朋友扎西说我与"水龙王"有缘,所到之处总是行云布雨,刚刚还是阳光普照,一会儿就下起雨来。我因在丽江还有事情没有处理

完,还是在雨中离开了束河。隔日,我给电话王大哥,他们已驾车到中甸了。下午,我再次来到了束河,

这个束河,云自在地行走在天边,风虽轻柔但也能把门吹开,花点缀在清透的溪水边,狗四处乱窜;透过轻掩或敞开的门可见,院子里种着兰或竹,有茶或酒;石板街上,除了寥寥几个不爱言语的古镇人,还有来此后也渐渐不爱说话的游人;水车发出吱吱呀呀的声响,马车车铃那么清脆。空气里隐约走过干净的风,与屋边树上覆满的花亲昵;但还是可以嗅到马粪、烟草的厚重味道和咖啡的浓香。束河,多少欲望都会在这样缓慢的时空中被一缕缕抽丝剥茧而去。束河而居,是比茶还要淡的滋味。春末的水和柳,十分摇曳,映得那灰墙黛瓦种兰养猫的四方庭院,那般的宁静,不存心事。

我端着相机,不知究竟拍哪儿最佳,因为目光所到之处皆为景。小溪清流,沿河的酒吧客栈,就便儿用筐装了啤酒饮料投放在水中,拿起就喝,"拔凉拔凉"。

云南的天,蓝得魅惑,蓝得让人无言,黑夜里的星星也是那么的透亮。自从多年前第一次踏上云南的土地,我总想独自去天的尽头歇息,独自像鸟那样地迁口,沉默而婉转地追寻一个个"别处"。

束河而居,心情柔软,仿佛随时都有大把时光可供挥霍。生活于是就这样沉静、温暖,慵懒不成章节,时而仰首,心随云动,时而俯身,观清水波纹。喜欢那些如古井藻轮一样沧桑感十足的地方,每道勒口都有百年千年的过往,有着一种男性的力量,抚摸它们,仿佛可以触到岁月后那些凋敝的风景和年轮。在束河,我更愿意静默而坐,哪怕随时光一起坐化。

王大哥和晓芳是知道生活的本真的人,他们一直认为,束河是值得潜下心去慢慢体味的,它自有一份尚未被彻底打乱的宁静和安好。这笃定自如的气度,除了建筑本身所具有的恢宏的历史质感外,也因着世居于此的束河纳西人,面对越来越多的城里来客,他们始终安然接纳。他们会与你

微笑问好，会好心给你指路带你穿遍各条小巷，也会与你斤斤算计买卖钱财，他们本分、淳朴，却也精明。这精明并不是那种商人式的投机和狡猾，只是他们守护自己利益时那种天生的直觉。

下午，王大哥一行四人从中甸回来了，我们坐在屋檐下喝茶，狗狗窜上了坐着摇椅的晓芳身上，她抚摸着"小小"，平缓地说，去年他们夫妇开车去拉萨，在寺庙里和大街上，每天都会看见一些慈祥的老妇人怀里抱着小狗去寺庙里转经。那些小狗也是那么慈眉善目，眼神很从容淡定，似乎充满着佛性。晓芳说，可能是每天的转经让它们也修身养性吧！狗不仅仅是通人性呢！可爱的晓芳的一番话，引起了大家的笑声。

那晚，我们在"熊猫"阿姨家吃了晚饭，阿姨知道家里要来客人，早早地去了集市买回来许多新鲜的菌菇，加之她的川味手艺，美味呀！饭后，大家坐在屋檐下，月亮和星星也应邀和我们一起聊天。我睡意已起，而晓芳他们还在兴头上。这就是这古镇的生活。其实，在城市里，在意时光的流逝又能怎样？

我的朋友们束河而居，是怀了做隐者的心绪的，大隐隐于市，小隐隐于野，在束河各占一半。背对繁华，沉溺于生活的本身。而我，却还是有许多的放不下。

早六时，我依城里的生活习惯而起，拿起相机，穿过窄窄的挑水巷。我有一些惶惶然，不知道如此的奢侈时光从何而来？整条石板路泛着清清的光，除我和流水，还有时光在流动，一切静寂，空气中和着青草味儿。我久久地站着，深深地呼吸。

束河远没有丽江的喧嚣和商业"发达"，至今也没有一份地图，其实，就是有了地图又能怎样？不仅不可以随性游走，而且那地图上布满的一定是商业元素。"没有包括乌托邦在内的世界地图，是不值得一瞥的。"王尔德的这句话也还是能代表我的价值观念的。

有人说，束河是天堂，可我认为，天堂在自由的心中，在人心所及之处！

含泪播种的，必欢呼收割

小马哥信仰的是藏传佛教，但我相信这一句出自《圣经》中的语句，他应该是会认同的。

小马哥本名马建忠，一个出生于中甸（今香格里拉）的藏族，"海归"青年学者，生态学专家，专业非激进环保人士。

如果不做专门介绍，人们不会相信马建忠是藏族，虽然他还是有着一些比较明显的民族特征。

我和马建忠的相识，缘于到德钦的第一晚，诗人扎西所设的"流水席"。我感觉得到扎西对马建忠的敬佩。扎西告诉我马建忠所从事的工作时，我对他产生了戒备，我接触过许多以"拯救人类"为己任的环保斗士，他们总是想告诉你"不该做什么，什么不该做"，而所有行为仅停留在一次又一次的"宣言"上。所幸的是马建忠不是那种逮住人就拼命宣传环保的人。

环保，如此大的一个话题，乍一说起来似乎真有点儿落不到实处。于是，我从那缥缈之中突然想起了我在路途中的所见。

我记得，离开中甸，车行了好一会儿，我突然看到远处山上有着一定排列似的许多墓碑，皆为灰白色。当时我想，这中甸真是很奇怪，墓园离城市那么远。车离山越来越近，我才看出那许许多多的墓碑其实全是被砍伐后留下的树桩。我将我的错觉告诉了马建忠，他回答我道：你所看到的真的就成了墓碑了！

我感觉到了他不多的话语的分量，也感觉到他温和的语调中所具有的力度，而这种语言行为方式才是人们所愿意接受并又有一定威慑力的。也许，他更多的是在观察，用他的"不言说"来认知事物参透事物吧？

我对生活的感知和追寻真的有一些像博尔赫斯在《接近阿尔莫塔辛》小说里描写的那个"失去宗教信仰并在逃的大学生"一样，好在我在这多年来的"狂奔"中，已明白"过滤"的重要性，我很乐意于一些人的面孔只"露出一个微笑"或只说出只言片语。也许，这用佛家的话来说，这也是诸佛菩萨的示现吧？当然这只是于我而言。

而马建忠以一种"平民式的生活观"，对着卡瓦格博山峰下的这些同胞们，露出他的微笑，进而显露出他的智慧之光，这也是一种"本真"，而他的这种"本真"丝毫没有"恶之花"。我不喜欢在此用上"淳朴"这个词，一是因为对一个男性而言，这个词太"阴"性，另外即使是佛性，也是存在可挑剔可争辩之处的，何况马建忠只是一个"人"。

三年多来，他和同事们跑遍梅里雪山地区山山水水，村村寨寨。进雨崩，建设饮水工程、普及环保知识；去阿东，开展松茸资源社区化管理、关注草场和高山生态系统的保护；同时对藏民进行一些力所能及的扫盲教育……所有这些，都使他的那种"自下而上"、强调参与式和以社区为主体的环保理念，在梅里雪山的广大区域得到有效实施。

他坚定地认为文化是实现有效环保最重要的因素。借助一些专业平台，他和一帮志同道合的朋友不遗余力地研究藏区分布广泛"神山""圣湖"等"传统保护地"，并为推动这些"传统保护地"在更多法律保护而奔走呼号。

博尔赫斯在他的小说《接近阿尔莫塔辛》中还说道："朝圣者去朝圣的这个圣人，自己就是一个东奔西跑的朝圣人。"从任何派系的哲学观来说，这话都是站得住脚的，任何事物都不是绝对的。

我与小马哥儿们有一次阿东之行，就让我深切体会到了文化与传统的力量、朝圣的意义和"圣人"的地位。也许,哪一天我是不是也会和马建忠、木梭一样,成了某些人"敬畏"的"圣人"呢?说笑而已。

现实生活中,马建忠就是一个朝圣者。

虽然他的话语中不见"激进"的语词,但还是能感觉到一些矛盾性的。他说到了某科学家所言的"人与自然"的关系,没有激愤,但从他的话语中,可以听出他认为人类过于"自负"了,对待自然采取的是傲视的态度。也许,按他的个性,说到"精神、理想"这些词会让他"发笑",但他也许没有注意到,一旦看到有意义的、体现一种向上精神的文字,他也是会拍案而起的。既然是"人",就不要将自己"神"化。

我听他说及他的工作性质时,突然想到了一个词,我说,我感觉你们当下的这种工作方式很像"传教士",马建忠愣了一下,他可能更多想到了意识形态层面上去了。我说,不要想那么复杂,这仅仅是指一种工作方式而已。他将一些形而上的科学道理,以一种"民间"的方式来加以推行,并将其与百姓的生活紧密相连,这与从前"农村包围城市"的战略如出一辙!但就从他这一愣看来,马建忠还真的是被"汉化"了。

正在进行"神山圣境"研究保护工作的马建忠说,按理说,宗教文化——人——"神山圣境"——环境保护,这四者之间存在着一种"平衡",一旦这种"平衡"被打破或出现问题,那后果是难以预料的。藏族人心里都会有一座神山。小马哥的神山是与中甸那座有着巨大转经筒的大龟山相对应的小龟山,山上至今还有他爷爷设计建造的白塔。虽然是小小的山包,周围的视线也越来越为高起的楼房挡住,可她仍然荫庇着脚边的各民族的子民们。这小小的小龟山也成了马建忠的骄傲。

马建忠的藏族名字很有意思,提布次仁。提布:倒出去的灶灰,次仁:长寿。提布次仁,长寿的灰儿子。他说是奶奶取的名字,小时候他得了一场大病,因为这个"贱"名,总算从阎王爷那里捡回了一条命。而他的"汉名"来得却很简单。他读小学二年级时,班主任老师是汉族,记不住一个班里那么多一样名字的孩子,所以,就在一个下午,将全班孩子的名字全部改成了汉名,便于老师记忆和区分。其次,当时马建忠家所在的那个村的村长姓马,于是,全班孩子都姓了"马"。

他说他因为害怕干农活才拼命读书,目的就是为了离开农村。他考上了北京林业大学,学的是森林资源管理,毕业后就回到云南的相关单位,之后考上了泰国清迈大学读硕士,专业是当下很时尚的一个词"可持续发展"。看来,马建忠的成长之路真的是"与时俱进"呀!2004年,马建忠去了哥伦比亚大学当访问学者。

马建忠可能从没有想到,他当初拼命读书是为了离开农村,而现在他的工作却是回归农村。对此,他却是那么游刃有余、信手拈来。他说,因为他是一个出生于中甸的"土著藏人",是在藏文化的浸淫下成长起来的,而这种祖宗的文化已融于骨血,永远也不会减弱。虽然他接受过西式的教育,这也只是一棵树上结的两个果。他说过自己的信仰,但我感觉这种信仰就有如传统文化对他一样,并没有约束他禁锢他,而是让他去体会一种力量,甚至驱动他前进。

多年来,他走过了许多的国家和地区,走得越远,他对本民族文化的回归和认同感越强。他曾经为这些传统和文化不屑一顾,也曾经为"少数民族"而自卑,然而广阔的天空和纷繁的世界却让他驻足回望。不过,这回他发现了这些曾经熟视无睹的事物竟是这样的无价,于是他开始不断地尝试传统知识与现代科学的最佳平衡。幸运的是,在实际工作中这种尝试使他屡有斩获。如今,他很愿意花更多的时间待在德钦,待在藏区,因为在这儿,他更能感受到一种"自在"。

是的,传统是好东西,是一江春水向东流,但问题是在"向东流"的过程中,有时它还是要迂回向其他地方流,还要与现实礁岩相碰撞,还要有新的起承转合,还要形成新的旋流继续前进,这期间充满了变数。不变岂不成了一潭死水?马建忠也许早已看到了这一点。他说,他是信佛的,他能看透很多的事情，而这种看透之后的结果，需要以一种积极的方式来对待。

生态与环保学专家马建忠主编的一本书，名为《藏族文化与生物多样性保护》，书中写道，藏传佛教的生命观是人与其他生物同处一个生命系统，人仅是这个生命系统的一个组成部分。在这里，人类仅是整个宇宙和地球生态系统的部分，而不是主宰者，因此佛教的"慈悲为怀，禁止杀生、六道轮回、普度众生，提倡人心净、众生净、环境净"的理论便有了根基，现代环保的理念没想到在古老的藏文化里得到了真正的升华！

多年来，马建忠已将自己和自己所学的专业知识，利用一种合理的民间形式，为"环保"这一世界性的课题服务。他习惯于把话说小，把事情做大，这才是最根本的。其实，做人还是像马建忠那样实在一点儿好。"大音希声"，他很明白这个道理。

马建忠说，也许有一天他的终极目标是"佛"，于是我在想象着他那一天。

在我的阅读过程中，我读到过一句西藏的格言：当弟子成熟的时候，上师就出现了。马建忠离成熟也许还很远吧，路迢迢，继续走吧，上师一定会出现的。

奔子栏的此里卓玛

我一直毫不怀疑地认为,她就是在那儿,等着我飞奔而去!

不知道,有多少人会关注地图上如此之小的一个地方——奔子栏,它位于四川、云南的交界处,再往上,就进入了西藏,往右就进入了四川。

我从小就喜好读地图,常常会顺着一条路线看下去,去认识那一个个地名。地名的后面,就如时空隧道一般,层层推进、推进,经纬度、厚实的高山大川脉络、地质构造……地图就像隐含了别致的风土人情的图画。

最喜欢的是,用一支彩色笔将喜欢的地名圈出,将我已经去过的和想要去的地方用线连起来,那是怎样的曲线啊!每一条都是回忆和梦想。每一条,哪怕很短,都包含着生命和关于生命的许多故事。这些地名都是土生土长的本地人赋予的,就像给自己的孩子起名一样,既亲切,又传神,还寄托着美好的愿望。尤其在边地、在民族地区,他们选择的往往是他们的语言中音韵动听、意蕴优美的词,有的前面还意犹未尽地加上了浸润着诗情画意的比喻。

当决定要去梅里雪山之时,我就一直在看丽江往上走的方向,那一个个大大小小的地名,给我无限的新奇。

很清楚,此行我要从香格里拉往上,经过纳帕海、尼西、伏龙桥、奔子栏、白茫丫口到德钦。但我没有想到我与"奔子栏"结下了不解之缘。

原本是直接去德钦,可在路上,我的朋友扎西说他要到奔子栏办一些事情,那我就在奔子栏下车,在那儿会面。

我喜欢"奔子栏"这个名字，它透出勃勃生机。

奔子栏在金沙江上游有很高的知名度，奔子栏藏语意为"金色的沙坝"，是德钦升平镇之外的第二大市场，过去也是古代"茶马古道"一大商埠。作为滇藏茶马古道上的咽喉重镇，奔子栏有着辉煌的历史与繁荣。她地处金沙江西岸，自此以上的金沙江怒涛滚滚，汹涌奔流，以下一段江面则豁然开阔，江水平静。她的历史可追溯到吐蕃王朝时期，吐蕃大军曾在此驻扎经过。

奔子栏渡口——古渡口，也是茶马古道由滇西北进入西藏或四川的咽喉之地。从这往西北即可进入西藏，逆江北上，即是四川的德荣、巴塘；沿金沙江而下，就是维西、大理；往东南走，则是香格里拉及丽江。

一路上听着车里播放的《卓玛》，我已经能随着哼哼了，"啊，卓玛，啊，卓玛，草原上的姑娘卓玛拉……"

上午九时许，我所乘的大巴车过了伏龙桥，桥的那一边就是四川的德荣，这一边就是云南迪庆的奔子栏。一路上，从德钦来的扎西电话告诉我说，要到一个叫"醇香园"的地方下车，去找一个税官强巴。

我下了车，进了安静的"醇香园"，有两个女子和两个小小的女孩在，一个女子很热情地迎了上来，我说要找强巴，她告诉我他在楼上睡觉。我在餐厅待着，心定了下来，一个人坐着看电视、吃面，等扎西或是那个强巴来。突然想起，多年前看的一个影片《从奴隶到将军》中就有一个农奴的名字叫强巴。

那个热情女子和我聊了几句，就不见了。不久，她头发湿漉漉的，还滴着水，走到我的身边。她邀请我和她一起到门口去晒太阳，她说刚洗了头，有点儿冷，我婉拒了。过不多会儿，她和一个穿着税务制服的人走进门来，这个人就是强巴。此时的强巴正大着嗓门和那个女子争执着，一看到我就说：我说了是一个婆娘而不是姑娘吧，你还和我争！可那女子说，你看她好年轻，我就感觉她是一个姑娘。我笑了笑，说出了自己的年龄。

这时我知道这个女子名字是此里卓玛,藏语意思是:永恒的度姆,在汉语中,度姆为"菩萨"之意。她是那么有激情,有活力。

卓玛告诉我,强巴是她的表哥;扎西是她的中学校友,她可能会在扎西拍的片子里扮演一个角色;而我只比她大两岁。她一直不停地在说话,口沫乱飞,我将我的椅子与她拉开了一些距离。

她从紧紧地扎在腰间的腰包里掏出了一堆杂物,是化妆品。当着我和强巴的面化开了妆。先是画出两道弯弯曲曲的眉,再描出两圈黑黑的眼线,接着她拿出一块破旧的小镜子对照着。放下镜子,她又掏出一瓶护肤霜,重重地用手指抠出一团,双手狠劲地揉搓之后,搽在了脸上,可想而知,是不可能抹匀的。最后一道程序,她将口红拿了出来,先是涂在了嘴唇上,然后又当成了腮红擦在了脸上。我转过了头,不忍心看。边化着妆,她还不停地说着话。

突然,她拿起那一块不完整的镜子,要送给我。我略觉尴尬,还是收下了,之后,放在了面前的小桌子角上,不准备带走。

那两个小姑娘热热闹闹地过来了,卓玛告诉我,这个酒店的老板是她的侄子,那个在厨房里忙的是她的侄媳妇,这个小姑娘名字达娃,是侄子的女儿,自然就是孙辈了。那个小姑娘是这儿的一个服务员的亲戚,是白族。她笑得很大声地说,小孩子们都喜欢她,因为她有钱,常常给他们买好吃的。随手就从腰包里掏出钱包,拿出一元钱给了小达娃,五角钱给了"小白族"。之后,又从强巴买啤酒找回的钱里拿了两元钱放在自己的钱包里,说从来也没有拿过表哥的钱呢,又拿了五角给了小达娃。

放好了化妆品,她又掏出了正在钩编的东西,嘴不停,手也不停。她告诉我,她有许多的田地,还有很多的房子,这些都是钱呢;她还有很多的表哥,都很有钱,路边上那个大大的加油站就是表哥的;她早几年离了婚,儿子跟了前夫,前夫上了别人家的门;她在拉萨待了两年,去叔叔那儿做生意,现在累了,回家来享受生活。她还得意地告诉我,中甸的很多当官的都是她爸爸家的亲戚呢!

听着她不停地说话,强巴喝着酒,一言不发,而我想出门走走。于是,我问强巴,可不可以到金沙江边去?强巴还没开口。我就被卓玛拉上出了门。

她看到了我的相机,说要拍照,我就说到门口拍几张吧。可是,这一大两小背上了我的摄影包,拉着我,就说要去她的家,她要换上好衣服。

半推半就,我和这三位就沿公路而走,顺山势往下,到了一个小村子,在村边的一座两层楼前驻足,卓玛打开了院子门。卓玛说,公路要改道,她的这房子就要被征用,可以向政府要一百万呢!这院子中间有一棵正开着几朵花的石榴树,从小小的院子往一楼看过去,杂乱,脏衣服和两只张着嘴的鞋子在那儿扔着,一张破沙发看上去已不能坐人!我们上了二楼,角落里有一间用木板隔出来的小小的房间,其余的空地上摊满了枯草。卓玛说没有钥匙,从小小的窗子爬了进去,动作有一些滑稽。门开了,里边只有两张挂着蚊帐的床。

卓玛指着放在床上的一只小小的箱子,说这是她儿子的东西。打开箱,里边有一套男孩子的藏袍,一把小藏刀。

她带着两个孩子兴奋地试着她儿子的藏袍,为一条腰带发生了争执。我走出房间,站在二楼往外看去,就在眼前,院子的外面挂着几条经幡。右边稍远一点儿就是金沙江的一个拐弯处,江面宽阔,水流不急,江岸种着一大片麦子;左边,是顺势而下的浑黄的河水;对面就是一座大山,那儿是四川。两山相伴的是我们的母亲河。

突然,我有一种虚幻之感,不由自主、身在其中。

每一次旅行中都隐藏着另一次无形的旅行,它需要唤醒,需要塑造,需要以心诚实地面对。

我独自下了楼。

个子小小的她穿上了她儿子的藏袍,戴了一顶毡帽,她一步一步地、袅袅娜娜地下楼来，而我不停地为她拍照，两个孩子也凑着热闹。

她很想去江边的那块大石头上拍照，多年前，她曾在那儿拍过一张她最喜欢的照片。读书的时候，她很喜欢在那块大石头上，对着金沙江朗读和唱歌。她拿出那张照片，送给了我，我仔细地夹在笔记本里。

一路上，她欢跳着，路过了许多人家，用我听不懂的语言大声和人打招呼。路过小学校，她和几位老师打着招呼，然后把她们介绍给我，说是她儿子的老师。她大声说着，我就是想做一个导游呀，我随便就可以说几句英语呢！她摇着手中的一条彩色围巾，大声地说着"HELLO""HOW ARE YOU"。

而我，却似乎听命于一种原初之力的调遣，急惶惶地参与到一件事情之中。

白晃晃的阳光下，她摆出各种姿势在摆渡船上拍照，穿着还是厚厚的藏袍，汗水从脸上流了下来。

脱去藏靴和藏袍，她只穿着内里的衣裙，三十多岁的人快乐地在金沙江边的沙滩上放声高歌；她连翻筋斗，一个接着一个；在那块她极喜欢的黑色大石上，盘腿而坐，闭上眼睛，沉静了下来，许久许久。

我不由自主地屏住了呼吸，感觉卓玛在纯粹的任性之中听到了神谕，她是否是在天马行空的幻觉中找到了一个通向虚妄的自由的道路？

风起，扬起了金沙江边的沙，迷了我的眼。

扎西回来了，狂打我的电话。他很奇怪，这一个城里来的人怎么就这么进入了"民间"。当我和卓玛、两个小姑娘，气喘吁吁地从江边爬坡上到公路上，他和其他人奇怪地看着几乎累瘫了但却兴奋的我，我、卓玛、扎西等人成一个三角状站立着，我看到卓玛的脸上有着无数条沟壑，那是被汗水冲刷掉的脂粉，而眼睛已是黑乎乎的一大块，那是眼影，我的沉重的摄影包把她身上的衣服全拧乱了。

我坐下来，卓玛放下摄影包，一言没发走了。从德钦返回时，我在奔子栏停留,我想过去找她,但最终没去。

有人告诉我,她是一个疯子。

这一切过去了几年,可我一点儿也没淡忘。我一直想用文字留下些什么,但无法动笔,总感觉有一些思绪在脑子里飘浮,就是无法落到实处。

前不久,扎西讲了一个故事给我听:有一个大活佛每年都去宾川鸡足山的竹圣寺朝拜。那一年,他带着徒弟们经过大理的下关,看到热闹的集市中有一个挥着大砍刀的女屠夫,他赶忙走上前,拜倒在她的脚下。他的徒弟不解上师的举动,但还是跟在后面纷纷拜倒。活佛告诉他们,女屠夫为菩萨的化身。

我明白了扎西想表述什么,他也明白了我在想什么。我们同时进入了一种语境,就如当时我和卓玛的情境。

我想做个土司

雷平阳是幸运的,他的宝贝儿子的眼睛比他的大多了,这让他小眼儿里透出的都是得意。要不,这个男人怎么会快乐地拿出钱包,取出大头儿子的照片给我们欣赏,并说出儿子的许多趣事?

很早之前就与雷平阳有联系,但只是短信来往而已。有一次,我给他一短信:"祝贺你获华语文学大奖。"回来的信息是:"没有,只是提名而已。"我这才发现,我所看的报章早已过时多日了。于是,赶忙为自己的冒失道歉:"不好意思,我已离社会太远了。"

雷平阳的形象只是以前在网上见过,就一典型的"老农",敦敦实实的,头发短至贴着头皮,既不温文也不尔雅,与他诗的"相貌"一致了,厚重,不矫饰,掷地有声,真像他的家乡昭通的土疙瘩。就连他自己也说,"石头的模样,泥巴的心肠,庄稼的品质。笑起来,厚厚的嘴唇像石头开裂;不笑的时候,嘴巴荒芜,鼻梁落满白霜,小眼大雾茫茫。我从来不用额头思考问题,但皱纹一层叠着一层,头发悄悄变黄。我知道我皮肤的漆黑,像有一片不变的夜色把我与世界隔开。"

在昆明,见他之前,我对好友说:"如果见着他感觉不对路,咱们扭头就走。"最终,我们俩都留了下来,并跟着他来到了一个茶庄,这个茶庄专营普洱茶的生茶,雷平阳经常来这儿,他熟悉这儿,因为他有一工作室就在附近。那可是昆明的翠湖边,好地方。看来,雷诗人平阳老师也不是一介清贫文人。

茶是好茶，可也没见雷平阳对茶有啥说法，话也是有一搭没一搭的，还有点儿"磕巴"，最后他用他那从来不变频率的平和的语调说：我还是说我的云南话吧，要不，很辛苦。我才知道，普通话为难住了他，回归到他的本土语言，他才是真正的自己。

茶庄还是很雅致的，看到一幅字，没记住写啥，好像就是为普洱茶歌功颂德，写得就像一"汤头歌"，什么"清热下火"之类的文字，呵，是雷平阳的墨宝。才得知，他还是有资格为普洱茶说话的，要不他怎么会花去几个月的时间专门写了一本有史料价值的普洱茶的书。"讷于言"的他并不常是这样的，一说到茶他有点儿话题了。他说，当遇到陈年普洱茶、上百年的普洱茶，像龙马同庆之类的普洱茶的时候，你会产生一种敬畏，它经过了一百年的时间的沉淀或历练，已经不是你的什么红颜知己，而是你的老祖母，靠近它，当是一种古老的返乡，一次魂归。

但更多的时候，普洱茶依然只是一种即时消费的东西，我觉得它只是生活的必需品。所以，现实生活中的雷平阳只是把普洱当成了普洱茶而已，不多言。

雷平阳用他那对不大的眼睛看着茶庄里的那一个美丽的傣族小姑娘艾金，脸上堆起了笑，说，"真像是我的女儿！"而学名为咪静的艾金也着实是那么招人喜欢，很亲昵地依偎着我们几个，说着自己的梦想。尊敬的雷老师慢悠悠地说，也许下次再来，艾金就不再是这个样子了。我们聊起了少数民族的名字，雷诗人老师（艾金是这么称呼的）说，他在凤庆行走的时候，收到了一个好朋友的信息，告诉他有关"华语文学奖"的事，他回复说：遇见一个小姑娘，她的名字叫"仙停"。有时，"粗人"浪漫起来还是很要命的。

晚上的聚会，他安安静静地听着那几个"率哥"激愤在讲着一个男人与女人的故事，而他似乎很"幸灾乐祸"地说："这种事就不会发生在我的身上。你们把他交给我，让我来教训他、点醒他。"这个时候的他俨然是这一小圈子中的"老大"。

聚会结束,大家不愿意散去,于是,去唱歌。

"老大"的歌声感情色彩不重,只是能把歌词完整唱下来而已。于是,就在吵吵嚷嚷的歌声中,我们玩起了"骰子"。我可是从来没沾过这个,加之小学数学就没学好,常常出错。于是,常常被雷诗人灌酒,一旦我赢了,他居然敲我的脑袋,我也就在他赢之时,给他一脚。坐着不舒服,他就从沙发上"滋溜"到地上,袖子也高高挽起,喝酒就对着瓶子"吹"。诗歌之外的雷平阳更可爱,一点儿也不"板"。

雷平阳看来还是很为他的那名气有一些"飘然"了,他说自从报纸上登了他的照片后,他在云南大地上的行走就方便了许多。到一个酒店,老板看到他后指着手中的报纸,问:"这是你吗?"得知正是,老板兴奋地说:"全免全免"。这种好事还不止一次。看来,低调的雷平阳是感觉到了"知名度"的作用了。"除了云南,我真的了无牵挂。"

听他讲故事是很有趣的,诸如,他在云南大地上的行走中,曾"捡"到了一个香港"驴友";在一个小酒店吃饭,不相识的两桌如何就吃成了一桌,等等。而这,也许就体现了他那如高原山川的个性吧。

雷诗人老师写了一首《澜沧江在云南兰坪县境内的三十七条支流》的诗,在诗坛惹起了一场风波,因为其写作形式的特别,引起了众多诗评家的关注,有人对它称赞有加,也有人不以为然。我不对诗人说什么,我们来看看云南的地图,也许在地图上我们无法确切准确地知道大江的细枝末节,可雷平阳知道,为何?因为,他"像一个刑满释放的自由主义狂人,以奔跑的速度,扑向云南的山山水水",他用自己的脚来丈量了大江,他曾和这条大江同呼吸,他曾在这江边看日出日落,他感觉着一种对大自然的大爱,以及更深层的东西。他告诉我,那一年他行走在澜沧江,被大山大川的神性所震惊感动,设想可不可以不动用任何修辞,来一次零度写作?所以,当他从云龙县搭乘一辆夜行货车回到大理古城,风尘未洗,便在酒店的留言信笺上写下了这首诗。它的每一个数字、地名、河流名称都是真实的,有据可查的,完全可用作人文地理学资料。尽管在写作此诗之前,对重复和铺张可能潜藏着的冲击已有所提防,却在写作的过程中,一次次地涌起卸掉重负的快感,"东纳"和"西纳",纳入的一条条支流,分明是他的枪械库,它们的到来,只是他写作史上快乐写作的不多个案之一。

为大自然说话,他有权利。也许诗歌的意义不仅仅停留于文字的表面吧?有人说这诗"笨拙",确实如此,可这全然是一种大拙为巧。诗歌是他灵魂歌唱的最佳方式,它不会熄灭。

从他的诗文中,我们能读出来的是一种有关大自然的语言,一种字面内敛而情感张扬的爱情。所以,他的诗文永不过时,犹如普洱一般,年龄的堆叠更具价值。

"我最大的梦想是做一个土司",他眯着不大的眼睛,看着茶庄的门外,很自然地说出这一句话,好像是进入了某种情境之中。像一个土司一样,守望着自己的家园,在属于自己的每一片领土里自由散步,并且让它们和自己融为一体。我不得而知,但可肯定的是,这种边地的土司文化对他的性格和为文有着极大的影响。这可以从他诗作中所强势出现的那种男性气质看出来。同时,又具有一种原始性的质朴,这种质朴源自一种对生命的敬畏,对神性的颂扬,对诗意的无尽的追求。

雷诗人平阳老师听说我一人前往德钦,就说趁他没醉,赶紧将他的朋友的电话给了我,让我去找他当导游。得知我到了德钦,住在一窗外就是雪山的房间里,他发来信息:"雪山入梦"。他这种人说这一类的话,还是很能打动人的。除了说那些似乎很高山大川的话,他还是有这种如小溪小河般温情的话的。

在他早期的诗歌中,这一首《献诗》真耐读:

我希望你永远消耗着我的生命
让我们一起瓜分：这么多的尘埃和空气
这么多的劳役和汗水……
说好了，我多分一点，就一点
说好了，你是我的女儿，你有足够的理由
指使我，在家里，在世上，在空中
不停地飞奔……

  这一种隽永的情爱让人感动，阳刚的男人温情起来，力量更巨大。
  雷平阳慢悠悠地行走在昆明这个四季如春的地方，背着他那个长长的拍打着臀部的挎包，眼睛却盯着他的昭通和云南的山山水水，并将他们形成文字。昆明他并不陌生，也不拒绝，无非是在写作中很少以它做背景。
  听说，他曾在大理夏夜的风中裸走了几十米，并将那晚的体验写入了一首诗。他想干什么？
  他告诉我，他又要出发了，去大理行走两个月。他越来越体会到"行走"的力量。
  突然有那么一天，我很喜欢"凌空蹈虚"这个词，那么有质感、有韵律。而与之意义相反的词是什么呢？该问问雷平阳。

我的摩梭兄弟

阿哥哟，阿哥哟，月亮才到西山头，你何须慌慌地走。
阿哥哟，阿哥哟，月亮才到西山头，你何须慌慌地走。
火塘是这样的温暖，玛达咪，我是这样的温柔，玛达咪，
人世茫茫难相爱，相爱就该到永久。
阿哥，阿哥，
你离开阿妹走他乡，留给阿妹满心愁，玛达咪。
　　　　　　　　　　　　——摩梭情歌《花楼恋歌》

"湖是大地的眼睛。"梭罗在《瓦尔登湖》这么说。

我是和克琳一块去泸沽湖的，她是昆明的一所私立学校的校长，在那儿资助了三个孩子。正逢春节，我和她一道去家访。

接待我们的是小落水村的校长曹振文，三个在克琳学校就读的孩子都是他选送的，阿顺花是他同村的、中学同学的孩子，另外两个孩子一个在离小落水不是很远的村子，一个在四川那一边，我们无法去。中午，我们就在曹校长家吃饭，阿顺花的舅舅，就是曹校长的中学同学曹武金也来了。

我们在曹校长家的老屋里吃饭，他的阿妈和姨妈忙里忙外的，但还不忘和我们说笑。老奶奶坐在火塘边，八十多岁了，已听不到声音了。他们家看来看去都是女人，除了那两个小男孩。校长在家很有威信，肯定是因

为他读了书当上了校长,是一个文化人的缘由。

吃着饭,克琳就问曹校长,"曹校长,你走不走婚的呀?""哦,我是不走婚的,我结了婚,有一个女儿。老婆是我的同事呢!他走婚。"他指着曹武金说,曹武金脸腾地红了起来。

我观察着这个有火塘的祖母屋,是典型的"木楞房"。木楞房的四围墙壁都是用两丈多长的圆木搭建而成,屋内还竖有两根直径为1尺左右的圆柱,校长说,右柱代表女人,摩梭语称之为"龙杜梅",左柱代表男人,摩梭语称之为"瓦……"(没记住)。所有摩梭人家都有这样的两根柱子,而且,两根柱子的选材也很特别,一定是特选的一棵树分出的两根木柱。墙角摞着几大块猪膘肉,头顶还挂着好多的烟熏肉。

这会儿,门外进来一个小伙子,很帅很帅,一转身就出去了。我和克琳说,他干吗不过来呢?曹校长说,他是我表弟,姨妈的儿子,看到这么多人,不好意思。也许是在校长家自酿的苏里玛酒的影响下,我也随意说话了,你表弟那么帅,你怎么长得这么不好看?校长回答我们:"这要问问我妈妈,她到底是和什么人走婚生下的我,说不定就是一个汉人。"

校长有好几个姨妈,所以发展下来,这个家庭就太多人口,于是就分成了三个家庭。这里是他一个姨妈的家,他已经在近湖边一些的地方又盖了一个院子。他的弟弟是一个喇嘛,所以,家里的新楼房还有一个经堂。

正逢假期,校长不用上班,但春节期间,作为当地"名流"的校长,"外事"活动还是很频繁的,不外乎就是吃吃喝喝。不像他的兄弟,白天要参加村里的旅游工作,晚上还要去跳舞,其实也是村里的旅游活动之一。校长说,每天,每家每户出一个人参加村里安排的日常活动,有的人去划船,有的人去牵马,还有一些其他的活动。每天安排的活动结束后,每家每户就平均分配当天的收入所得。

说着说着就说到了年龄,克琳居首,校长比她小一岁,而我和曹武金同年。我问他是几月的,他说不知道,阿妈以前只说过是山上花开的时候生的,我说太好了太好了,你是"花开的时候",那我就是"收割的时候",你比我大。呵呵,就算你是"下雪的时候"生的,也不可能比我大,有可能你妈妈记错了呢?于是,他就管克琳叫"姐",管我称"妹"了。校长说,不习惯就不用叫,反正我们就是"老表"。于是,我在泸沽湖边捡来了两个老表。校长成了大哥,曹武金成了二哥。

曹二哥真是个实在人,他说,你们都是文化人,我要问你们一个问题。去年我们村里要砍树做猪槽船,我们没有在我们的管理区里砍,而是到管理区以外的普米人的林地上去砍的,砍的时候,我们每棵树给了他们五十元。我们的林管还说,这个木头好,很合适挖船。他还告诉我们砍的是红杉,是国家二级保护树种。后来林管局的人来查,要每家每户罚款一千元。可是我们村长说:"就不给他们,我们祖祖辈辈都是这么砍的,我们还给了他们钱,算是买了这木头的。"后来,林管局还来做了工作,村长就是不同意。我的朋友告诉我说,赶紧交罚款吧,晚交不如早交,这个数还是最低的,再不肯交就按最高价交了。我就想那还是交吧,可村长还是不同意,我也不能自己去交,那样做就是背叛了乡亲,很不够兄弟,所以,真的后来大家一样都罚了五千元。这事情让他心里很不舒服,可又不知道怎么办。交,难受;不交,说是犯法;自己一个人去交,可以少交四千元,可又不能这么做。

他说,我们又没砍管理区内的,砍的是区外普米人的,当时区内的林管员都看到了,也没说不允许砍啦。

曹大哥沉下脸,我早就说过,你们这样做就是不对的,就是犯了法,当初一个个都不听我的。说了你多少遍,还在这里想不通。喝酒,多喝点就想通了。我和克琳说,校长说得没错,那个林管员没有制止你们,那当然是他的不对,但并不代表他不制止你们,你们做的就是对的。

"不要说了,不要说了,还是读过书的人。这一点都搞不清楚。来来来,唱歌唱歌。"

我们一起举起了酒杯,这时校长的妻子和女儿来了,他的妻子是汉族。

曹二哥端起杯,说要献一首《祝酒歌》给我和克琳。他先是用藏语唱了一遍,尔后又用汉语唱了一遍。

咱俩的酒杯高高举起,
这酒中装满了情和意,
祝愿好人吉祥如意,
祝愿好人一帆风顺,
欢聚的时刻虽然是这样的短暂呵,
友谊的花朵却开在我们心里。
幸福的回忆就留在我们心里,
留在我们的心里。
扎西德勒!

声音浑厚洪亮,很有质感!

晚上,校长有事,我们就跟曹二哥去烧烤城,他对克琳很敬重,连说话声音都不敢大,就是因为他姐姐的女儿在克琳学校读书,他想把姐姐的三个孩子好好地培养,让她们尽可能地多读书,多出去见见世面。

克琳悄悄地告诉我,我们这个老表可有意思了,为了表示他的"贫穷",他那天送孩子去学校竟然穿着一条"油吱麻花"的裤子和破破烂烂的上衣,一看就知是才换上去的,抱着一箱农家做的米花糖,弄得克琳哭笑不得。我却笑着说,他也不容易,从哪儿能弄到那么一套衣服?你看他们现在穿得多么光鲜,厚厚的羽绒衣、名牌登山鞋、有款有型的毡帽。但他为了孩子的前途出此下策,倒是可以理解的。

克琳又问他了,你今天不去走婚了吗?他的脸很红,说:"你们来了，我就不去了。你们不要把我们想象成乱来的人哪!"克琳说："没有呀？我只是好奇而已。"

克琳又说了："你这是走的第几个？你有几个在走呢？"曹二哥急急地说："我现在只有这一个在走，是第三个，还没有定下来。"

摩梭人的婚姻是走婚制，以两情相悦为基础，但主要是取决于女方的感情，不受父母长辈的干涉，也不受金钱地位的制约。他们一生虽然可能结交几个甚至几十个阿夏，但他们并不是交叉进行的，而是结束一个再进行一个。

在摩梭人的家庭里，没到婚龄的孩子都和老人睡在一起。孩子到了十三岁，便要举行隆重的"成丁礼"，从此，女孩便搬到木楞楼的房里去单独居住，可以结交阿夏了，不过一般还是要十八岁才找阿夏。男的便出去找女友，找到女友，晚上便在女友屋里留宿，第二天清晨回到自己家里劳动，双方也没有什么财产关系，也不需尽太多的义务。

所生的子女全由女方抚养。但也不是说孩子生了，男家一点儿也不管，当小孩降临到这个世界的第三天，便要给小孩洗身，叫"打三朝"，舅舅为之取名，抱出来晒太阳，在院子里走一走。满月后孩子的"阿日"(意为奶奶)背着猪肉、拉着羊、提着鸡及小孩的生活日用品，还要带着送给祖母、母亲、舅舅的礼物来看孩子。父亲要认孩子就必须举行仪式：先敬祖宗，后请邻居老妈妈们吃饭，让乡亲们知道娃娃是谁家的宗族之系，但小孩是这个"母系"氏族家庭中一成员，男方家是绝对不能带走这孩子的。在摩梭人的家庭里，姐妹间的孩子都一视同仁得到疼爱，而孩子们也不分亲母或姨母，一律按年龄称大妈妈、二妈妈、三妈妈。舅舅年纪大了，不能再过"走婚"生活，外甥女家里便是他们的归宿。在这里，小有所养、老有所终是他们的传统美德。

摩梭人的走婚，即采取去女方居所的走访式的婚姻生活。当夜色降临的时候，这里几乎所有的成年男子都奔走在山间小路、水边湖岸旁，行色匆匆神情庄重而又有几分惶惑不安,他们是赴情人的约会,或是去寻觅新的情人。

成年女子们都打开自己闺房的小木窗,在窗楼上插上一朵白杜鹃,或把自己关在黑房里,凝神倾听着石子落在房顶瓦片上的声音,有的甚至立在大门边,抓住不安分的狗,捕捉着门外的脚步声,心情紧张而又充满了甜蜜。她们在等待自己情人的到来。

走婚过程中若遇感情破裂,女不开门,各自走人,另觅新欢,不存在孩子抚养、家庭财产分割等纠纷,一律归女方所有。走婚过程中,阿夏有了新朋友,若遇到老朋友来敲门怎么办?阿夏就对老朋友说:"今晚我有个新朋友,你走吧,改日相会。"男子也毫不生气,乖乖地走开了。有一些破裂的阿夏关系,如果一方实在是重情,那经过挽回也有又在一起的。

曹二哥被我们这一姐一妹逼得没有办法,就告诉我们,以前他分手都是他在女家吃个饭,然后告诉家人他们解除"阿夏"关系了,女家的人还觉得很惋惜呢。

第二天,我们一起来到了克琳的另一个学生的家。那个孩子的舅舅姓杨,是那个村的村长;孩子的爸爸也在家,是从再远一些山后的一个村子里来看他们的。这个村子因为所处位置不好,所以很穷,与小落水和里格岛没法相比,院墙都是泥土堆成的。

矮矮的院墙上,靠近大门(在这儿是柴门)的地方,有几个洞,我问曹二哥,这是干什么的,他没有回答我,走远几步捡回来一根棍子,将棍子插入洞中,然后,自己就站在上面。他说,这是走婚用的。我笑了起来说道:"我知道了,听人说过,走婚的男人还得带一块肉,免得女家的狗乱叫。"曹二哥说,多走两次狗就不管了。

火塘边,杨舅舅在了解孩子的学习情况,那个爸爸只是怯怯地坐在一边,一言不发,在女家舅舅身边,孩子的父亲是没有地位的。杨舅舅与曹二哥、我一般大,还没有走婚,他说是因为"太穷"了,姑娘看不上。

校长说，杨舅舅和他们也是老表。我说，是不是因为这地方太小，转来转去都是亲戚，那……校长说，亲戚之间是知道的，不可以在这之间走婚。

说到人口，很有意思的是，校长告诉我们，与三十多年前做的统计比较，现在的人口只是比那时多出了三千多人。也许这有好的经验供汉族人参考吧？哈哈，引来一阵笑声。

摩梭少男少女们在这"母系"大家庭中，由祖母、母亲、舅舅、姐姐们精心照管渐渐拉扯长大，他（她）们具有集体主义思想和互敬互爱的美德。孩子从小就在这样的环境里接受大家庭的意识和尊老爱幼的教育，还有自己的宗教影响，服从母亲和长辈，按先长后幼分配食物或其他东西，不干缺德事，这些风俗习惯，道德标准给孩子们打上了深深的印记。近几年，虽受外界影响，但摩梭人的社会相对于外界是比较安定的。有统计，从新中国成立到现在，泸沽湖上下的自然村近千人中，只有一人犯轻罪，没有犯重罪的。所以说青年一代的思想与从小就受到长辈们良好教育是分不开的。

我们要离开了，曹二哥那"湿漉漉的大眼睛"看着我们，也不言语，让我们也感觉很不舍得离开。曹校长就一直说着："又来嘛，又来嘛！"曹二哥说话了："你们一定还要来，我会带你们去转湖的。"我笑着说："只有走婚不能跟着去。"全部的人都笑了起来。

我们要上车了，曹二哥唱起来了："小阿妹，满山金菊你最美。你是明月当头照，我是星星紧相随……"

在吉祥的阳光照耀下

把手挥动成风中的经幡，

静默，或者飞扬。

——扎西尼玛《这个夏天，神灵的队伍远逝了》

我习惯称扎西尼玛为扎西，有节奏感、爽脆脆的音律。

离开德钦的那天，下着雨，扎西尼玛带我去一家小馆吃面。

他很认真地问我有没有宗教信仰，我说似乎离佛教近一些。扎西说："该了解了解藏传佛教，你一定可以感受到其中的力量。"他也许是一句无意的话，或许就是一句在他内心根深蒂固的话，却让我有诸多的思量。

扎西的好朋友马建忠曾说过，一种本民族年轻人热爱的民族文化，就是有生命力的文化。同样意义的话，甘肃一个活佛为《藏域春秋》写的序里面这样说：当一个民族的年轻人重新审视自己民族的历史的时候，这个民族就有了希望。

认识扎西很偶然。在昆明，雷平阳听我说要去德钦，他就把扎西尼玛的电话给了我，说是他的好朋友。飞机降落香格里拉机场，离德钦尚远，我就与尼玛联系。可彼时我对扎西尼玛这个人一无所知，除了知道是一个男人。扎西却告诉我要在去德钦的路途中一个叫奔子栏的地方下车，在那儿等他，他在那儿办事情。

有时对人生有些恐惧也许是好事，而我即使有也似乎很少让自己在人前表露出来。因为，我向来认为，一个人上路就是一件愉快的事儿。

车未到奔子栏，司机就停车吃饭（可算是早饭），这时对面路上一车停下，走来一个乍看看不出具体年龄的男人，他说他就是扎西尼玛，我相信。

德钦的第一个晚上，我和扎西两个人的晚餐，不久就吃成了十几个人的"流水席"。我感觉我成了一个局外人，颇有兴趣地看着这形形色色的人。扎西说：很开心，来这么多的人，就不用和张老师两个人你看我，我看着你了。一个直率的男人，毫不掩饰地将他的不自在直言出来，而我并无不良感觉。

也就在这个微雨的晚上，扎西"喝高"了，他从周围的每一张桌上先后找来了他的表妹、叔叔、侄子。似乎，扎西的家人散布在德钦的大街小巷。但他此时还没有把我这远道来的客人给落下，把我"移交"给了他最放心的马老师照顾，说这样他才安心。而最终，我和马老师将他送回了家。可爱的扎西此时说："不要送了，再送我要生气了！"

我至今也不能说了解藏族诗人扎西尼玛，雷平阳在我去之前告诉我，扎西是马骅的好朋友。那时起到现在，我感觉到扎西似乎与自愿在德钦当老师、后落入江中杳无踪迹的诗人马骅，紧密联系在一起，而他的个人的"光芒"已然给遮蔽了。

回到广州，我慢慢地将现实中的他、我想象中的他以及他人文字中的他结合起来。

扎西是一个能担当之人，这是男人的本性。但能将这种本性很好的发挥的男人似乎不多。

扎西尼玛，70年代生人，一个写诗的公务员，卡瓦格博文化社成员，拍纪录片。他曾参与拍的纪录片《冰川》，说的就是他的家乡明永冰川和明永村的事情。

扎西说他小时家里很穷，只有他父亲一个劳动力，母亲经常生病。他十一岁，小学四年级就出去读书了。他是从这样一个贫苦的环境出来的，但他认为生活的气氛、生活质量很好，成就了他成为一个诗人的基本条件。

也许扎西的能歌善舞源于他的母亲，他说那时候妈妈身上带着病，虽然老是吃不饱，但是特别喜欢唱歌跳舞。她干不了重活，生产队里安排她做羊倌。有一天山上下雨，羊去山洞和树下躲雨，都散了。妈妈要把羊撵拢起来，结果脚和腰摔伤了，躺了半个月。有一天中午放学，尼玛早早地跑回家，爬楼梯的时候听到有人在哭，家里就妈妈一个人。后来发现，妈妈不是在哭，是在哼弦子！看到儿子，她就把所唱的歌的歌词说给儿子听。扎西说，阿妈没有悲伤。

长大的他在中甸读了师范，学藏语，然后参加了工作，拿上了国家俸禄，阿爸阿妈开心不已。

1999年，昆明世博会举行。远远的德钦也受到了影响，村里通了公路，游客源源不断地来到明永村，为了看冰川。在城里工作的扎西也在村口开了"明永山庄"，做起了旅游生意。之后看到的许多的变化，如村民生活的变化和旅游者日渐增多，也着实让他兴奋了好一阵子。但到1999年年底，特别是2000年开始，冰川开始消融。原来冰舌有七八十米高，现在消融了很多，冰川也往后退。

扎西说，村里靠冰川靠旅游是增加了收入。但这种情形一出现，也让村民震动：啊呀，我们一定触怒了神灵。卡瓦格博雪山是我们的神山，冰川是藏族观念世界里的圣地，在藏传佛教里叫"胜乐宝轮乐园"。雪山已经给了我们太多了，我们砍山上的树木，开地种庄稼，冰川融化的水用来灌地，人和牲畜喝，我们是受大山的恩宠生活着的。我们不可以再这样损伤神山了。其实，没有游客我们也不缺什么。村民担心遭到神灵的惩罚，但不知如何来处理这两者之间的关系为最佳。

于是，扎西在一个合适的时机遇上了合适的人，拍出了一个有环保效益的体现藏民族文化的纪录片《冰川》,在国际上引起了不小的反响。后来扎西应邀去美国的大学开讲座,就是讲他的神山他的纪录片。

谈到诗歌,扎西的话不是很多,他内心认定的是,他是一个用汉语写诗的藏族人,藏文化是他的根本。"我们要有能力感受一个民族共同的痛,并且让别人也能感受到这种痛。在藏民族历史上,没有一首诗歌能够超越'嗡、嘛、呢、叭、咪、哄'这六个字"。他说的是六字真经,这是对真、善、美的祈求,也是对邪恶力量的诅咒。在卡瓦格博面前,在广大藏区,人人都能吟诵六字箴言,并且深入人心。

小学时的扎西就开始写诗,那时是课本上的那些诗让他感觉写诗并不难;读师范时,他开始接触到朦胧诗,他很惊奇,诗是可以这样写的?!于是,他沉迷进去。那时的他还是一味地模仿,没有自己的风格和个性,而且一味的唯美。他尽可能地多读书,工作后,生活给了他太多的历练,他开始清醒了,文字也沉稳了下来。这时,他的诗开始有了一种东西,那是思想。他在成长,诗也在成长,他已然开始拒绝浮躁,拒绝无病呻吟,拒绝言而无物。他要让他的诗歌能经得起高原阳光的猛烈暴晒而不减轻分量,如大山,让时间去揉捻而更加有韧性,如糌粑。

但他是清醒的,他尊崇他的民族文化,也明白让民族文化走得更远的方式和理由。

我一直认为,文字与人一样,是有性别的,但有性别并不意味着不可以相互交融。扎西的诗中,充满了高原的事物和意象,从人文地理、风俗民情、男女情爱,到神灵、阳光与时间在他的笔下拟人化,富有男人的血性,于此他写就了有着一些唯美但有丰富内在的诗歌。

扎西在2005年发表的组诗《纳帕海的影子》中,他写道:

众神汇聚

用远古的刀

指点转经的路线

我们从中可以感受到，神灵在上，巍峨的卡瓦格博雪峰顶上，众神照护着虔诚的转经人。

"时间从雍布拉康的檐头滴下，阳光在撒拉地的左边老去"（《瞧，空中飞翔的鼓》），让我们看到时间正将这个世界从我们的身边一丝丝地抽去。

我喜欢扎西的《梨花》中的几句：

> 前些年的梨花/雪一样白
> 雨中的梨花/像湿漉漉的爱情/蹿到面前
> 今年的梨花/第一朵白里泛红
> 最后一朵猩红/耀亮在梦里梦外
> 乡村的梨花啊/四月开/五月落"

诗中色彩的感觉印证了藏民族对色彩是一个有独特感知力的族群。那乡间的梨花，粉粉地带着晨露跃动在眼前，就是一幅水粉画。诗行虽短，但可以读出中国二三十年代那些文化学者的诗的诗感，如徐志摩的《再别康桥》、戴望舒的《雨巷》。

他所有的诗在抒写他自己，抒写他的同族，抒写民族的历史，如果将这所有的书写放在一个更为广大的天地之间，那就是"自然"。他让自己和自己的书写尽可能地贴近民族史与自然，而我认为，与自然的无穷贴近就是一种宗教意味的审美，而这种审美是经典的传承。

扎西现在在梅里雪山管理局工作，做一些有关文化产业的事儿。他乐此不疲，说要好好工作，对得起这份工资，但常常他的工资连"呼朋唤友"也无法满足。

我还是很想念他的。有时遇到一些事情时，问问他，他会给出一些出其不意的建议。也常会想起他的诗歌：中午时分/三头牛/站在村子上方的山坡上/朝着三个方向/回忆往事。

扎西会不会常常如他笔下的牦牛一样,在家乡明永的小山上回忆他的往事?那天我说,"扎西一思考,神灵会发笑。"他说是的,诗不是像牛一样想出来的,那样的"牛想"是想不出东西的。那些句子就是在脑子里的,要出来了要出来了,它就出来了。

在藏语里,扎西,是吉祥如意的意思;尼玛,是太阳的意思。

独龙江,那一刻我无语

> 这是一个梦吗?抑或是醒着?
> 对此我一无所知。
>
> ——约·冯·艾兴多尔芙

面对独龙江,我失语。

从心底而来的一种畏惧,这是我从未有过的。就是时至今日,我仍然不敢去回想。那一刻,很真切地感觉到灵魂之光黯然,那一束光不是以我个人之力能把握住的。

怒江的深处是独龙江。

独龙江就似她的名字,如一条孤独的龙卧在高黎贡山和担当力卡山之间,往西翻过担当力卡山就到了缅甸,往北到了熊当村。接着路分两条就到了西藏,一条经向红村往日东方向,一条经麻必洛村往察瓦龙方向。也许,这样一说就可以从地理位置想象她的所在了。

在"独龙江"这个词出现前一定是会有"怒江"的。我不知道怒江这个词是从什么时候进入我的脑子的,可能就是因为地图、因为这个"怒"字,让我产生了不少的想象。那时,我就知道,我会走进怒江。2005年,我从腾冲,就想往怒江去,可是鬼使神差,我无聊地去了瑞丽,并当晚就飞回了昆明。

今年的7月,我到了昆明,本没有去怒江的打算,可因为很人为的原因，不由分说地，怒江就来到了我的眼前。从六库到贡山，第二天我就和小杨（一位傈僳族师傅）进独龙江了。这一切的发生似乎有些身不由己却又水到渠成。

一路，我坐在小杨那改装的北京吉普车上，是那么的欢愉。视线中，一切是那么的不可理喻，大自然为何会在此生成如此之态？我对大自然的一切充满好奇，因为我的内心充盈着一种情感，这种情感常常会让我喜不自禁。我爱着，就像热爱眼前的这一块土地。

我对我的朋友说：我会安全归来的，因为有你为我祈福！是的，我坚信这一点，就如那一刻我坚信，我的四周有许多大自然的神灵，他们一定在看护我，也一定会像我爱着他们那样地爱着我。

那时，我是愉悦的，愉悦得以至于事后想来真有一些与年龄不相符的幼稚。天上的白云、路旁的泉溪、直指云天的大树，以及突然出现在眼前的小动物，这一切都让我开心不已。小杨说，从贡山到独龙江的孔当村，他走了五年，我是他遇到的第二个独行独龙江的女人。他是一个快乐的人，他说：你不是想和白云更接近吗？那你就爬上我的车顶，那里会让你更接近天空、更自由。

所有的不安全、路难行的话，对我没有任何影响，虽然这路况之差是我有生以来第一次遇到。泥泞和颠簸就是贡山到孔当这九十六公里路途的代名词。小杨一直教我，车颠时该怎么坐，而我却一点儿也不以为然，无力反抗那就快乐地享受。时不时，我除了下车拍照之外，就是帮小杨去搬石头填在车轮下，或者是车过豁口时，我下车自己走过，小杨说这是预防真的有"万一"时，能保住我的小命。

在垭口，那山景的美让我哑然，我似乎已对这一路的青山、绿树，或鸟语、花香，以及闪闪发光的露珠、潺潺顺山而下的泉溪、滔滔不尽的大河，无法添加更多的形容词。我也只能感受渐渐明亮的阳光下，那轻烟一般散开的薄雾，那星斗一般寥落的村庄，那棋子一般点缀的牛羊，而无词语能将这一切如画般地呈现出来。从大体上来说，它们是相同的，因为我们所看到的，抑或说组成沿途风景的要素是一成不变的，山、川、树木、白云，这让我们的语言近于贫乏。但实际上，它们又是完全不相同的。这些要素之间的组合却无穷地变化着，各种线条、地势、色彩、光以及声音，无时无刻不在产生新的变化。其结果使这座山与另一座山、这一处与那一处、这一个角度与那一个角度迥然相异。如果说艺术已然形成它自己固有的语汇，而在此，完全能感觉到，除了我们日常所见所用，大自然就美而言，尚未形成自己的语汇。

这样的地方无疑是有神灵的。她们飘来飘去，寻常肉眼看不到一点点蛛丝马迹。说不定，途中的所有的偶遇都是它们的化现。

面对大山、天空、美景，想些什么才能对得住她们？我想了许多尘世间的东西，但我想到了灵魂，因为在尘世中灵魂无处寄托。有一本名为《论灵魂》的书中写道："植物和动物是凭着一种形式（灵魂）和一种质料（身体和肢体）而成为实体的存在物"，"灵魂应当是植物和动物赖以成为现实的植物和动物的东西"。那么，灵魂如果真的存在的话，我们的生命必然受灵魂主宰。同样，我们的一切言行和成长都将围绕着一个轴子：灵魂。灵魂使生命得以鲜活，得以被光照而映现出五光十色。

此时的我，正越来越靠近一个轴，一个旋转着的轴。

沿独龙江而行时，江在我右下方，看去，它就在那儿。从高处看下去，河道不宽，水流不急、清澈。而小杨告诉我说，那水才急呢，只不过我们与它相距有一千多米感觉不到，如果掉下去，别说车，人肯定是找不到的了。我一向恐高，不敢往下看，但忍不住地想体会一下高度的感觉。那一刻有一种心理上的快感，但更多的是恐惧。

车身一侧，我惊呼起来，手紧紧地攥住车把手，出了一身冷汗。而小杨很轻松地说，没有关系，掉不下去的。平静下来，我问自己：为什么要来到这儿？为什么要经历这一切？我是不是在自虐？无人能给我答案！

平静下来，我和小杨开起了玩笑，也许我"下去"了，就一定要立一个墓碑，写上：这是一个女人！就行了。小杨大笑起来，你这个人太好玩了，谁给你立？那个时候我也下去了，没有了，等别人能看到时也许就只有到下游去的车子了，我们可能就出了国了。

我似乎感觉到那一个轴转动得越来越急。

我突然很想离开这个地方，回到我的尘世。

景色比我们沿途所见更美，因为能到这儿来的人是不多的，而散落居住在这个峡谷地带的只有不到四千独龙族人。这是否就是我想象中的原始文明的世外之桃源了呢？其实也不，在靠近孔当，我看到了一个正在施工的很小型的水电站。我下了车，在周围转了转。民工说，修水电站好呀，以后就有电用了。也许，民生问题和国家的有关规定有时是互为矛盾的。

经过八个小时的行程，下午5时我们到了孔当，独龙江政府已从巴坡搬至此。在这儿手机才有信号，我迫不及待地与亲朋好友们联系。当我与尘世生活联系起来时，一些事情却改变了我所有的好心情。独龙江不是天堂！

那一个急速旋转的轴，一种离心力，把我抛了出来。

慢慢地，天开始暗了下来，我突然感觉对面的大山裹挟着孤独，以排山倒海之势向我压了过来，独龙江水的声音突然也变得那么凶猛咆哮。有人说过，人最大的不幸是来自身体和灵魂的分裂。而现代人身体和灵魂常常是异处的。

朋友发来信息：将心胸向无邪的山水敞开，那是一种幸福！可那时的我确实是敞开了心胸，但感觉不到幸福。

我无法控制地失声大哭了起来，在这个陌生的地方，我更真实地感受到这世界已将我遗弃，在我还没有完全看清她时，她就把我弃之一旁。而这世界本是那么沉渣泛起。

小杨此时走到我的身边，挨着我坐在一个低矮的板凳上，也不说话。

一会儿,他起身从车里把我的衣服拿来,披在我的身上。我慢慢地止住了哭泣,接过小杨递过来的纸巾。小杨笑了,他说:"吓死我了,我还以为你有神经(精神)病呢!来的时候高兴得把我的车顶都要掀翻了,到这儿了又哭成这个样子!"对小杨的关注,我无言以对。

离开独龙江,还是我和小杨,似乎归心似箭,可归于何处?独龙江之行让我成长,让我自醒,也让我变得更注重情感与分辨情感。我会更珍惜已经拥有的,也不会在那些无谓的事情上花费精力。

美景依旧在她原来所在之处,但白云没有了往日的影踪。

在路上,我给我的好朋友发去短信:这是一次极为痛苦的精神之旅,但我一点儿也不后悔,因为它让我成为更完整的自己!与这充满神迹的天堂相比,我还是宁愿在尘世中堕落!

后来,我和朋友聊起独龙江之行,我告诉他,一点儿也不矫情,那种情感太真实了。我感觉这是爱情,一种大爱,一种可以放弃所有其他的爱的大爱。

我的朋友很坚定地回答我:这是爱情!也是彻底的哀伤,可以想象,那一刻,你身处的地方,一定是微凉的,空气是潮湿和冰冷的,心像被水洗过去一样。那一刻你怜悯自己了,而怜悯,是神的专利,所以,那一刻,你接近神迹了。

我很清醒,甚至可以说,我更加清醒了,我所能做好的就是"自己",不论是尘世还是"天堂"。

《圣经》上说:"要光就有了光。"其实,从人生来说,完全不会是这样的!

不要挡住我的阳光

"不要挡住我的阳光!"

这是我此次在独龙江听到的,一个在编织独龙毯的大姐说的一句极简单的话,却让我愣了许久,这是一句很熟悉却很有分量的话。

时过几年,我仍然以徒步、汽车、飞机这多种形式生活在离独龙江千里之遥的广州及其他地方,但我的脑海里仍然会出现那个声音和场景。

那个早晨,从孔当的小旅社醒来,是一个让人神清气爽的晴天,这是一个奇妙或者可以说是一个幸福的体验。出得"和平旅社"小小的、关也关不住的门,看到的是从峡谷深处弥漫开的云雾,浓淡不均,青翠的山峦上,树木隐约,变化着。这第一眼,就已全然将前一天的不快抛之脑后,犹如从沉睡中、从昨夜、从过去,开了一扇窗,突然地诗意起来。

我的司机兼导游小杨很开心地告诉我说,我们今天运气好,是一个大晴天,不会有那么多的蚂蟥。听他这么一说,我的快乐就被对蚂蟥的想象的"鸡皮疙瘩"所替代了。

太阳出来,此时的独龙江穿着短袖还感觉有一些热,可我还是穿上了长袖衣。小杨教我将裤脚扎在袜子里,袖口用皮筋扎上。做好这些措施也只能很简单地防蚂蟥。其实,我真想能有一个罩衣将我蒙住,免受那"软体动物"的侵蚀。

今天,小杨说要带我去木卡瓦看朋友,要带我去独龙江里打鱼。木卡瓦是邻近孔当的一个村子,是一个独龙族的村寨,要步行三个小时才能到,但路况不错。一路走走停停,我拍下了许多照片,还在小杨的帮助下摘了许多野生的小黄桃吃,软软的,很酸,与城市的水蜜桃的风味截然不同。满目翠绿地延伸出去,是以蓝天白云为背景的呈"V"字形的山口。

这三个小时,小杨的嘴可没闲着,实实在在地当了一回导游,告诉了我许多有关贡山、独龙江和当地民族的一些知识,其中就有有关当地的地名。在怒江峡谷内,地名里有"坝"字的,那是傈僳族的聚集地,如小沙坝、大沙坝、维拉坝;叫什么"桶"的,一般是怒族的称谓,如四季桶、秋那桶、坎桶;有什么"洛"的,那是藏族人的称呼法,像丙中洛、迪马洛、白汉洛等;那我们所在的地方都带有一个"当"字,很显然这是独龙族的说法。

慢慢地走,远远看到一高高的藤网吊桥上,一个男人,用额头和背背负着沉重的背篓,里面装的木头高过他的头。桥身随着他的走动而一直在抖动,他却那么自如地很快走了过去。走到桥边,我才发现,这桥的上桥处不是在地面,而是以一细细的木桩代替,连一只脚也放不上,只能用脚尖踮起而上。我手脚并用好不容易地爬上了桥,却被桥板吓住了,不敢动弹。那桥板只有一脚宽,且还是由多条差不多宽的木板搁在一起组成的。虽然藤网已用许多粗铁丝加固了,但我还是不敢迈出半步,因为桥下就是滚滚的江水。我看着已到对岸,走了很远的那个男人,佩服不已。

我一直在小杨的"往前看,不要看下面,不要停下不走了"的大声叫喊中,往前挪着。想着,大不了就是"下去了"嘛,连最不好的境况都想好了,还怕啥?不知道花去了多少时间,我终于挪过了桥。我对小杨说,我真的很佩服自己。可这位同志没有给我鼓励,居然说:"这算什么?!太小意思了。"

木卡瓦确实很符合外界对独龙江世外桃源的评价,这是一个山清水秀的小村庄,一共只有十三户人家,都住在木楞屋草顶的小房子里,看不到大面积的田地,每户人家就是在临河的地方有一点点玉米地,依山傍水,真是一个很舒适的地方。由于交通的闭塞,这里受到外来的影响很小,村里人没有像怒江其他民族地区一样受过西方传教士的洗礼信奉宗教,传统的习俗保留得很完整。

在小杨的朋友小余家,我们见到了体弱有病的阿妈和阿爸。喝着他们自酿的米酒(和汉族的传统做法一样,只不过他们没有糯米可用),听着小杨和小余给我当翻译转过来的老人家说的话。

呵呵,我放下手中严重脱掉了瓷的搪瓷缸,我很认真地对小杨说,我真的很佩服中国共产党,连无孔不入的传教士都遗漏的地方,我们可爱的党都很出色地完成了改造任务。

小余告诉我,这里之前由于政府的大力扶贫政策,是可以盖砖瓦房的,后来,因为离乡政府近,为了发展旅游业,就不给盖砖瓦房了,还要退耕还林。"那你们觉得,退耕和住草屋好吗?"我问了这个问题。"政府说了,那应该是好的,"阿爸说。"为什么?那你们吃什么?"我又问,"反正政府说了那就是要做嘛,退耕,政府就直接发粮食给我们,不用自己种也不错。虽然不怎么够吃。"

在独龙江,我有了许多的想法和疑惑。

封闭了几个世纪的地方,在中国共产党几十年的统治下接受了文明的洗礼,在这样艰苦的环境中修出如此一条通往现代的公路谈何容易,在这样一个世世代代封闭的民族地区建造起这样一个"五脏俱全"的乡镇谈何容易,靠政府发粮养活这么广大的一片地区谈何容易。这都是政府了不起的功绩。但是,扶贫才刚有成效,老百姓还没完全解决生存问题时,为了顺应时代就一步并作几步走,发展什么旅游业,真是正确的吗?

虽然,保持原生态,发展旅游业,说起来是为了让百姓脱贫,百姓生活真正能改善吗?小杨说政府还是给了一点儿钱的,但百姓拿到钱,却不能用电视,不能住现代化的房屋,不能改善生活环境,钱有什么价值呢?

城市的人们为了摆脱都市文明到这里寻找心中的净土,他们希望看到最最原始的生存状态。他们满意而归,在身体享受着物质文明带来便利生活的同时,精神上用回忆或幻想原始自然来满足。他们回归自然是一种体验。但是,他们可曾想过,那些祖祖辈辈生活在落后地区的人的需要,原始对于他们不是一种体验,而是一种生存方式。在那些呼吁着一切保持原生态的人的心里,他们可知道与现代文明断绝意味着什么,它带来的贫穷,落后的生活方式不是他们所经历的。无数人在感叹"独龙文面女"这种传统在消失,可有谁来问问被文面女子经历的是怎样的生理和心理的考验?

小杨提议说我们去打鱼,于是我背着相机和小余兄弟,还有小杨出门了。他们光着脚,我想试试,小杨说:"你不怕蚂蟥了?"

到了江边,这是独龙江和木卡瓦河(一条支流)交汇处,我还是忍不住脱了鞋下水,一触到水,我惊呼了起来,那水透心凉,简直就是刺骨的凉。这水是雪山水。小杨也很快就上了岸。

我看着两兄弟放开全网,网很奇特,让我想到了汉字的奇妙,"网"字两竖往下再延长点就是他们渔网的形状了。捕捞的时候两根竹竿用力一绞就是收网了。小杨说:"小余小余,上来的都是些小的鱼……"

在等候大鱼入网的时刻,小余十五岁的弟弟守着,我们三个坐在一边聊天。

小余和弟弟都没读多少书,也不愿意读,去年,二十岁的小余娶了老婆,在老房子旁边又加盖了一间住着。这里的独龙族人主要靠玉米和土豆为生,独龙族人住得非常分散,经常是几公里内只有一两户人家,房屋就建在峡谷坡地上或江边的小块平地上,一般在房屋周围的山坡上种上几亩玉米和土豆。河谷中实行的是两餐制,上午九点到十点间吃早餐,吃完饭后就到田里干活,有人带一些干粮,有人则什么也不带,晚上回到家再吃晚饭。

我从摄影包里拿出烟,和他们一起抽着烟,烟味让我的咽喉很不舒服，可我想陪着他们抽。

那边，阳光地带，小余的弟弟大叫起来，他们两个冲了过去，哈，一条大鱼，有些像鲶鱼，没有鳞，有须，白色的。小杨很开心地说："你太有福气了，一般很少捞到白鱼（这就是名字?!），还是这么大的。"

我们收了网，用个塑料袋将那些小鱼装在一起，小弟弟用手捉着那条白鱼口水过了河回去了，而他俩只好陪着我慢慢走回去。小余很不好意思地说，等我们走到家，鱼可能已经下锅煮好了。

小余看着路边有一大捆柴，他扛起就走，我说这是你们家的吗？他说是别人家的，顺便帮人扛回去。我又问，那你知道是谁家的？他说，从绳子可以看出是谁家的。虽然生活清贫，但独龙族民风淳朴得令人肃然起敬，在来自繁华喧嚣的大都市人看来几乎是恍若隔世。这里几乎没有发生过刑事案件，人们过着尊老爱幼、友爱融洽的生活，一家若有像结婚、丧事，或盖房这样的大事，全村人都会来帮忙，而且分文不取；若一个人出门带的东西太多带不走时，就随手放在路边，只需在东西上放上一块小石子，说明已有主人就决不会丢失；若在路上感到口渴或饥饿，可以到路边的庄稼地里掰些黄瓜或玉米吃，吃完后只需在地里插上两根竹片表示不是偷窃即可，主人家绝不会怪罪。

就着土豆和玉米，我吃上了极美味的鱼，用一个似乎变了颜色的不锈钢碗。那一会儿，有洁癖的我一点儿也没有感觉到不卫生。我很快乐地吃着，还告诉他们，这玉米太老了，咬不动，惹得他们大笑了起来。

下午，小杨带我爬上后面的小山，阳光下，和风吹拂，我神采飞扬。下得山来，我就停留在一家人的房子前，有一个大姐在纺织独龙毯。她很热情地告诉我怎么样揉麻，怎么样洗麻，然后怎么怎么就成了一块独龙毯。小杨在一边帮我翻译。我拍了几张照片，然后站在她的身边。她和小杨说笑着。突然大姐侧抬头对我说了一句话我没有听懂，小杨说她说的是："别挡住我的阳光！"

听了这话，我赶紧走到一边，愣了一会儿。小杨怕我不高兴，就解释说，中年大姐不是不欢迎我。我接着话说，我懂我懂。

回到城市，我坐在有中央空调的办公室里，隔着玻璃幕墙，无论怎样探头也看不到阳光，我恍然疑惑到底有多久不曾感受阳光的照耀？有多少应有的权利在我们无意识中被剥夺？

都市化的过程竟然是让我们越来越远离温暖的阳光、清澈的水和透明的空气！也越来越感受到生活给予我们如此多的精神压力。

我们一定会一边唏嘘一边回想起第欧根尼两千多年前的话"不要挡住我的阳光"！那是一个哲学家对一个帝王说的话。亚历山大大帝听了第欧根尼的话，反应竟然是：如果我不是帝王，我就要做第欧根尼。

多么美好的一个故事。犬儒派哲学的某些言行因为过了度而不太被重视，这个学派的价值也未能得到充分的阐释，但是其提倡的简单生活原则，对心灵自由的重视在物欲横流的季节越发具有价值。如果我们每个人都能像第欧根尼一样尊重自然的赐予，都能够过最为简单的生活，不为外物役使，不为名利役使，不为虚荣役使，我们的精神生活就会更为丰富，精神气象就会更为广阔。

独龙族大姐她肯定不知道第欧根尼，甚至不知道国家领导人是谁，但她知道她有不应该被弱化消弭的应有的权利。

只有当人能够彻底反省我们与这个世界的关系，人类的尊严才能够得到拯救。

文面的喃奶奶

当我哭泣没有鞋子穿的时候,我却发现有的人没有脚。

——题记

2006年的8月,我一个人进入独龙江,进入深山时的我是轻松快乐但懵懂的,而走出大山的我,心的分量沉了不少,但思想轻盈。

独龙江的神秘,不仅因为它四季不变、清澈、碧蓝的江水,还因为两岸浓得化不开的绿色植被。由于峡谷深窄,河床南倾,使得独龙江水流湍急,落差极大,远望河水来处,疑似从天而降,激浪拍岸、白浪涛涛,浅水缓流地带清碧见底,深潭处却似颗颗翠玉,尤其那不同于许多江河、瀑布所发出的清朗朗的水声,令人久久回味。

更让我回味的是那些深山之中的独龙族朋友,他们有着大山一样的宽厚胸怀,有着独龙江般的清澈心性。

从大山出来,我告诉我的好朋友:这是一次痛苦的精神之旅,但我一点儿也不后悔。这种痛苦并不是仅指身体上的辛苦,而是一种成长的痛。

我将喃奶奶的照片作为我电脑的背景图,这样我就可以经常看到远在独龙江生活的已逾九十岁的她。

洛克在他出版于1947年的《中国西南古纳西王国》中写道:"怒子,……女孩在十岁后,脸上刺龙、凤及花纹。"洛克在中国西南做生物以及人类学社会学考察时,曾到过怒江流域,但据他的日记及资料记载,他并没有到过独龙江流域。他在怒江流域考察时，还是对当地的生物及民族还有宗教有一些文字记录。如，他文字中所说的"怒子"是现在的怒族，但不是独龙族。历史上独龙族自称"独龙""迪麻"，史称、他称"撬""俅""俅人""俅子""洛""曲洛"等。1952年，依据本民族的意愿，正式定名为"独龙族"。

很奇怪，我进独龙江之落脚点，并没有很迫切地想找"文面女"，以前看过她们的照片，但我一直心里为她们隐隐地痛。这种心态只能是以我们的汉文化为背景而为，说明白了，多年的汉文化教育，让我们很自然地都有了一种民族的文化优越感。

一进孔当村，还在村口的桥上，我们就迎面遇上了一对背柴的老夫妻，那个女人是一个文面女，但面上的图案已经很淡了。小杨师傅说我很有福气，别人还得费力去找，而你迎面就遇上。

第二天，小杨在孔当遇上了他的朋友李校长，李校长告诉我，至今仍没人能考证出独龙族的来源和他们在此生活的确切年代，但从亲缘关系及60%的语言近似中，好像离独龙江最近的贡山怒族似与之同宗，远古，一支生活在怒江上游的、青藏高原的怒族原住民由迁徙和流动进入独龙江之后，便被江河绝岭封闭在了这遥远的角落。

小杨很积极地对他说我想去看文面女，拍一些照片，我反倒有一些不好意思，怕让他为难。校长正在放假，很爽快地答应了。我们立即出发，往献九当去看那儿的两位老人。

李校长在当地是著名的文化人，他对独龙江的历史了然，甚至对许多家庭的情况都很熟悉。他知道哪家有文面老人，老人有多大年纪，还有他们的身体状况。我很幸运能遇上他，让我的独龙江之行变得更有意义。他告诉我，我们这次去献九当在他的朋友家吃午饭，他朋友的奶奶就是一个已经八十多岁的文面女。

我在此之前没有认真了解有关独龙族女人文面的情况，于是，我将所有的疑问堆给了李校长。校长说，文面习俗主要盛行于独龙江北部接近西藏察瓦龙地区的一、二、三村，即龙源、迪朗、献九当和孔当。在独龙河谷里，男子是不文面的，而女孩子长到十二三岁，就需要文面。先用竹签蘸上锅底的烟灰，在眉心、鼻梁、脸颊和嘴的四周描好文形，然后请人一手持竹钏，一手拿拍针棒沿纹路打刺。每刺一针，即将血水擦去，马上敷上锅烟灰汗，过三五天，创口脱痂，皮肉上就呈现出青蓝色的瘢痕，成了永远也擦洗不掉的面纹。独龙语称之为"巴克图"。

所纹的图案也会因为地方的不同有一些不同。独龙江上游是满脸加文，即鼻梁、两颊、上下唇均刺花纹，但是在下游四乡及三乡地区大多只文下巴部分，像男人的胡须一样，纹条呈上下线形；也有部分连鼻子下人中左右都纹上了。有些老年妇女不但满面文，连头发也剃光，只剩额前小小的一撮，很像汉族农村小男孩的发型。从不同的面纹图案，当地人一眼就能看出这个妇女居住的地方，是哪个部落的。

快下午一点，我们到了献九当村。一坐下，几个人就开始喝酒，我没有见着他们说的那位老奶奶。过了一会儿，李校长告诉我，老奶奶的儿子叫福林，老奶奶和儿媳妇（福林的妈妈）上山了，很快就回来。

我和他们一起喝着他们自酿的米酒，这酒不如我们汉农家酿的甜，还是有一些酒精度的。于是，我就一点儿一点儿抿着酒看着他们说话，只能看着，听不懂。

一会儿，老奶奶和一个中年妇女回来了，我们站起身扶她，她不让扶。老奶奶坐在火塘边她自己的床上，她的床上有一块已经看不出颜色的破烂毯子，她的身上也穿着一件条纹的衣服，原本该是白色的，不知来到她手上是否就是现在这种色泽？李校长告诉我，独龙江由于生活习惯和交通障碍，从前没有衣服穿的，只披一块用麻织成的独龙毯。现在的衣服尤其是中老年人穿的衣服，大多是国家民政部门收集的捐赠衣物。年轻人呢，有的还会趁出山的机会，逢年过节买几件。

我将自己手中的米酒递给老奶奶,老奶奶笑了,喝了一口又回递给我,我喝了一口又给她,她很高兴地再喝了一口。福林说我是一个好人,我感觉他是说我是一个城里人,但不嫌弃他们。我的眼睛有一些湿润了。我和他们是平等的,只不过我的生存状态与他们截然不同。年龄的增长和不断的行走,让我更加平和地对待事物,能更自然地为他人设身处地地着想。

李校长告诉老奶奶,我是从大城市里来看她的。老奶奶只是一味地笑。我问福林,可以和老奶奶合影吗?校长说,独龙乡现在有一个约定俗成的习惯,就是给一个文面老人拍照,必须要给她五十元人民币。我说,好的,没有问题,我会这么做的。福林连声说:"不要了,不要了。"福林告诉我,他奶奶的名字是"喃"。于是,我也和他一样以他们的发音,称呼老人为"奶奶"。

我的司机兼导游小杨就问老奶奶,为什么要文面呢?我感觉唐突,但也正是我想问的问题。福林将他奶奶的话翻译给我听,他用一种听来还是有一些费力的汉话说,奶奶说自己文面就是在小的时候,爸爸妈妈听了一个"神婆"(我无法用相应的汉字记下来他们对这一个词的发音)的话,说"布谷鸟叫了,姑娘长大了,要文面了",然后,她的阿爸说"蝴蝶飞来了,阿细来了,文面吧。"李老师接话告诉我,独龙族认为,世间有生命无生命的东西都有灵魂,一个是生魂"卜拉",一个是亡魂"阿细"。"阿细"是人和动物死后出现的第二个灵魂,他们认为漂亮的花蝴蝶就是妇女们的"阿细"变成的,红、蓝、白色的蝴蝶是男人们的"阿细"变的。蝴蝶死了,人的灵魂也就永远不存在了。所以,许多文面女脸上都是似蝶状覆于面上的花纹。故独龙族曾禁止捕杀彩色的蝴蝶。

我们一边喝着酒,一边"啃"着烤熟的苞谷,一边闲聊着。福林告诉我们,老奶奶已经87岁了,和他的爷爷结婚之前就已经嫁过了人,那个人就是福林爷爷的哥哥(按我们的亲族关系来推算,应该是堂兄弟)。后来丈夫去世了,她就嫁给了福林的爷爷。

对这个问题我有一些好奇,独龙族女人与其他民族的女人在婚姻上有一些什么样的不同?李校长说,汉族女人要是离婚改嫁就会让人感觉她"是一个不好的女人,可能有什么问题,不干净"。可独龙族女人不是这样的。独龙族的女人是没有嫁不出去的,即使离过婚的女人也如此,而且找上门的更多的是未结过婚的小伙子。独龙族社会对于寡妇也不歧视,她有改嫁的权利,但改嫁的对象必须是依转房制嫁给男方家族中同辈弟兄,只是在没有适当人选后,才可转嫁他族,此外还不得返回娘家。另外一种"非等辈"婚让李校长这个接受汉文化教育的人也有一些看法,就独龙族有不同辈分的男女之间的婚配形式。这种具有群婚制遗迹的对偶婚只是排除了亲生父母和亲兄弟姐妹之间的性关系,除此之外是不分辈分老少的。新中国成立以后,随着婚姻法的实施,独龙族社会的婚姻习俗已逐步步入外部社会轨道。但老年文面女们的婚姻像人类历史上"婚姻史的活化石"似的仍留存在封闭的独龙江峡谷。

我问福林,老奶奶的名字有什么讲法吗?他笑着看着校长,校长告诉我说,福林说他只读过三年书,他不知道这些。校长猜测,老奶奶的名字可能与她小时在家的排行有关系。

独龙人的姓名也是十分奇特的。按照独龙族的古老习俗,男孩出生七天命名,女孩出生九天命名。独龙人没有姓氏,一般用家庭的名称(也是地名)加上父名、爱称及本人排行,就是这个人的名字。如某男名为"孔敢·朋松·阿克洽·顶",那么"孔敢"就是家庭名,"朋松"是父名,"阿克洽"是爱称,"顶"就是排行,意为老四。简称"孔敢·顶"。如果是女子,除了加父名以外,还需加上母名。不过,我在独龙江结识的许多朋友,他们除了独龙族名字外,还有汉族名字。这姓来源于村寨的名称,如马库寨的就姓马,齐当寨的就姓齐,孔当寨的就姓孔,和我们汉族百家姓没有丝毫关系。"马库"是指森林多的地方,"孔当"意即一块宽大的坝子。

老奶奶已经八十七岁了，不知道她还能在独龙江的深山里活多少年，山高路迢，我也知道我与她难再见。离开喃奶奶时，我拿出三百元钱，放在她的手上。一边福林直拉我，说不要给，我们是好朋友，但我坚持让老人家收下，老奶奶将手中的钱转身给了她旁边的儿媳妇。

徒步回孔当的路上，我对小杨说："今后，我一定不再去买奢侈品！"小杨笑着说："人的生活方式不一样，没有必要这样要求自己，适度就好了。"在喃奶奶家的这一日，让我的生活习惯改变不少。

那天，看到一本书上有这么一句话："一个人来到这个世界就开始朝着某一种既定的结局走去。一个人朝着既定的结局走去却并不知道自己的最终结局。"这句话说出了我这一路的所思，降生于什么样的家庭这由天定，能过上什么样的生活却并不是能由主观决断的，客观条件有时起的作用远远大于自己的努力。

从贡山乘车往六库去，车上有一个带着孩子的，三十来岁的，来自福州的男人。车到一个村镇，正逢赶集，路上人多，车走不了。这时，他将他没有喝完的可口可乐丢了出去，一个孩子拾了起来，放在了嘴边。福州男人很惊奇地大声说："这个地方的人素质太差了，看到车来也不让，连可口可乐也没喝过！"我忍了许久，因为我不敢想象一个受过高等教育的人，带着孩子，居然能说出这样的话。

当他再说这种话时，我说："如果，那个孩子是你的儿子？如果你就生活在这个地方，会怎么样？"

夜有一张脸

夜渐渐地凉了上来。

我知道夜在所有的地方，无论是大雪纷飞的无人山脉，或清澄的溪水从冰凉的卵石上流过的平原。但就在几个小时前，我也无法想象独龙江这天的尽头似的山林夜晚，会是怎么样的。

到独龙江乡现在的政府所在地孔当时，已经是下午的五点，心情突然变得空落落的，很落寞。和我的司机小杨跟着兽医站的几个小年轻一起吃晚饭，吃完饭才五点多一点儿，兽医站的双金花和另一个小姑娘陪我去看附近的吊桥。

在路上，我遇到了两个一看就知道同样来自城市的美女旅游者，她们披红着绿，那么显眼。陪着她们的是一个武警中尉，小小个子，应该就是驻独龙江的边防武警派出所的军人。

桥只能看看，我不敢往前迈一步，没有好心情再多走走。于是，我回到兽医站隔壁的"和平旅社"，一看，我原来准备睡的那张床上已经放上了东西，于是我只好转移到里边那一张对着门的。这屋子里只有三张床，那床其实不能称为床，其实只是一个简单的木架支撑着一张发黑的床垫，也不知道他们是如何从城里拉到这深山里来的，床单和枕头都有，但不知道已经有多少人睡过。墙角堆着一堆饲料袋，里边装的是苞谷粒，老鼠不怕人地在那儿穿来穿去。

我坐在黑黑的屋子里，对着门傻傻地坐着，看着外面的亮。一个中年妇女走在外面，远远对着我的门，她走了过来，与我打了个招呼。她正准备找住的地方，但我告诉她，不知道另外那张床上是否有人，但我想可能有人。我的直觉是，我的同屋是那两个美女。她走了，说要赶紧先把住地找好。

我躺下了，用手臂挡住了光线，想着自己的心事。突然，暗了下来，进来了两个人，真是那两个姑娘。我没有起身也没有与她们打招呼。其中一个姑娘确定好了最后剩下的那张床铺之后，她们出去吃饭了。

那个中年妇女又来了，她说还没有找到住的地方，她有个亲戚的亲戚在这儿当兵，等会儿找找他。我没有兴致和她交谈。她问我"你心情不好吧？我也不好。" 我愣了一下，说是的，这儿太寂寞了。她说她想到这儿来看看是否有"商机"，转了转，感觉没有任何生意可做，很失望。她又问我，你是来旅游的吧？这儿也不会有什么好看的。

这时，门口走过三个军人，其中有一个我看是下午陪着那两个美女转的中尉。她赶忙走了出去，与他们三个打招呼。军人很严肃，问她有什么事情。她问的正好是我下午见过的那个小个子中尉，问他是不是谁谁的丈夫？她是谁谁的亲戚。那三个军人随她一起进到我们的房间。

他们在聊着，我一言不发，我听口音，那小个子应该是江西人，奇怪，为何他会在这人迹罕至的地方当兵，还成了怒江当地人的女婿？中年妇女说了她的意图，小个子说，在这儿是没有生意可做的，别看有那么多家小卖部，他们不是靠卖小商品过生活的，因为他们实际上是一个药材收购和中转站。每年十一月大雪封山到来年七八月雪融解封这段时间，那些个店主就会四处去山民家收购药材和一些山珍，之后，再出山倒手。虽然成本不是太高，但一个女人家是不合适做这事情的。再说如果开其他的店，比方说茶馆，这儿的人是不会消费的，而旅游者实在是很少很少，肯定也是无法经营的。

坐了一会儿，三个军人说要开会，走了，那两个姑娘回来了。五分钟不到,小个子又来了,说要带我们去周围转一转,那边还有一座大桥,是新中国成立后修建的大铁桥。

四个女人跟着他出了门,天已渐黑,我们一直沿着江边走着。小个子一直说,小心、注意脚下的路。我说:"你照顾好她们吧,我是当兵的出身,没有问题。"这时,那两个美女大叫起来,我们也是呀!

这时我才知道,刘方,江苏人,大学毕业入伍,现在是云南一所武警学校的老师,现役;曹媛,东北姑娘,从前也是武警,现在退役了。而我呢,兵龄比她们都长了十几年,老同志了。

小个子姓杨,从江西当武警到了云南,后来考上了武警学校,毕业时,他要求去最艰苦的地方工作,于是就来到了独龙江,一待就三年。小杨在泸水(怒江州六库市的一个区)找了个白族媳妇成了家,孩子刚刚一岁。组织上正考虑让他调出独龙江,可以尽可能地照顾到家庭,他现在也有了"出山"的想法,但他一点儿也不后悔当初进山。

于是,刘方、曹媛多了一个张姐和一个黄姐,小个子杨中尉多了一个来独龙江寻找商机的黄"孃孃"。

我们五人站在钢铁大桥上,听小杨说着他和战友们的"故事"。他说,"我们从高处看下去,这条江的江水一点儿也不急,是吗?可是十几年来,我们几个战友都命丧独龙江。就在几个月前,我们还有一个班长被水冲走了。都是在巡逻和架线时,被突然而来的山洪、急涨的河水,还有泥石流给冲走的。有的就连尸体也找不到,那肯定冲去缅甸了。不远处的山上,我们的几个战友就葬在那里,他们的家人要来看一次都非常非常艰难。独龙江是很有脾气的。"

无语,沉寂。我感觉有一种声音传来,是从黑夜的深处传来,因为有了声音,夜似乎更加宁静。但她分裂着已有的声音,滋生着怀念与回忆,所有一切都渗透在一片虚无中。

往回返,天已黑透,山里的夜是那么地没有杂质。

曹媛说，张姐，我们看到你躺在床上，不说话还用手挡着眼睛，我们就知道你不开心了。出了门了，还有什么不开心的呢？

是的，能有什么让我不开心呢？那些长眠在此的战友们，有什么能让他们不开心呢？

黑夜敞开胸怀，我感到了它宽厚仁爱的呼吸，如此温柔而强烈。

黄姐和小杨去了派出所，小杨的领导发了话了，一定要让他的亲戚去所里住，多么难得有亲戚来这个地方呀！

我和方、媛三人，慢慢走着，看着天上的星星。我说：夜有一张脸。它在看着我们呢！她们说对，这一张脸是男人的脸还是女人的脸呢？是单眼皮还是双眼皮呢？是厚嘴唇还是薄嘴唇呢？

一路说笑着，我和方居然都说到了最美的星空是在楚大公路上看到的，天空如洗，那星星那么近，仿佛伸手可摘。

我们站在风中，高原一片漆黑，没有一缕灯光。抬头仰望，满天晶莹的繁星，但从山谷看去，星星是那么地远。这就是大自然，因为你所处的位置的不同产生了不同的视觉效果。

印象中，我记得大哲学家康德似乎对星空也有自己想法，好像是说，有两种东西，我们对它们的思考越是深沉持久，它们所唤起的那种越来越大的惊奇和敬畏就会充溢我们的心灵，这就是繁星密布的苍穹和我们心中的道德律。

安静的夜空，星星满布，许多的人看着，但每一个人的感受是不同的。

我的内心为一些新的感受充盈起来，我很感激我在独龙江偶遇的朋友们，他们没有意识到他们对我的心情产生了什么影响，但我从内心与他们亲近了。这有着同为军人的经历，更多的是，他们在我状态极差的时候以一种积极的身态出现。我将心中那许多的小"我"放下了，腾出更多的空间来放置其他的东西。

我们站在独龙江那一百米水泥路面上,一直寻找着我们所知道的星座的名字。我用手电筒垂直向上照射,方说:"不要照,要不,天上也会有人对着你照。"

到独龙江的第二天早晨,我说"赶紧起床,出操。"我们三人大笑了起来。此时仍为黎明时分,天在慢慢地亮起来。和方、媛去走吊桥,桥下,水面没有氤氲的水雾,这才说明这江水是湍流。

虽然我最终没有如媛一样走完这桥,但我最终在兴奋之中走到了桥心。

第二天我们分手了,我接着往里走,她们回了贡山。小个子杨仍留在他的独龙江。第四天,我们四个女人在贡山再次见面,那一晚,我们四人在江边晚餐,听黄姐讲她自己的故事。再过一夜,曹媛继续留在贡山做她的水电项目代表,黄姐回到了泸水,刘方回到昆明,而我去了大理的下关,然后经昆明飞回广州。每个人在不同的地方生活着,但生活是不同的。就犹如我们看到的星空。

繁复的星空,预示的是美好的一天;黎明已到,连阳光也是新的。

《吠陀经》中说:"一切知,俱于黎明中醒。"

我"溜"过怒江

也许是大自然赋予了怒江人太多的艰辛,除了没完没了的大山外,怒江人出门还必须越过无数条激流险滩,才能到达旅途的终点。

顺应自然,怒江人在大峡谷的大小江河上奇迹般地架起了一座座神奇的桥。只要稍加留意,就会发现这里的桥从最原始的溜索、藤篾桥、人马吊桥,直到当代最先进的公路桥,应有尽有,千姿百态,堪称一个桥的天然博物馆。

连接江两岸最神奇的"桥"是溜索,它是怒江人的独创。怒江人过溜索在外地人看来就像是一场生与死的游戏,而他们却不以为然。

在怒江大峡谷中,很多山民的家住在江这边,田地、集市和学校却在江的那边。在无法架桥的江面上,人们就只有靠溜索来渡江。溜索用篾竹或钢丝做成。篾溜索用十余根竹皮篾片扭成三根篾索,再将三根篾索拧在一起,如同鸡蛋般粗细,拴挂在江两岸的大树、木桩或岩石上。篾溜索质地不够坚韧,得半年更换一次,过溜人多的渡口,一个月左右就须更新,否则就有索断坠江的危险。

溜索还分平溜、陡溜两种。平溜是用一股溜索横悬于江面上,两头稍高,中间倾,过溜时得用脚和手一点点顺着溜索往前挪。平溜溜起来很吃力,要是体力不足,就会被悬挂在半空中,不前不后,要是抓得不紧,就会掉下湍急的江水中去,连尸体都找不到。陡溜比较省力,用两股溜索固定在江两岸,一头高一头低,一来一往,造成一定的坡度,过溜的时候从高的一头往低的一头滑去,速度非常快,需要很高的技巧,否则一不小心就撞到对岸的石壁上,会把腿撞断。

过怒江的溜索,是要有很大的勇气和胆量的。当地人告诉我,每年在怒江因溜渡而坠江淹死和摔伤的人、畜不计其数。每当和人提起溜索的凶险,年长一点的怒江人无不感慨。怒江州泸水武装部政委龙建平是福贡人(他妻子和一个孩子因为泥石流而掉入了怒江,失去了生命),说到溜索,他说,"现在还算比过去好了,有了钢溜索,我们小的时候只有篾溜索,每天上学都要过江,还算运气好没有掉到江里去。"听了这些话后,在怒江的日子里,我对过溜索去上学的孩子们总是特别留意,并怀着一种说不出来的心情。

那一天,我在福贡的江边,见到一个背着书包过溜索的小女孩,她说她快十岁了,可与城里的孩子比起来,她只像六七岁的样子,她的小书包里装着一小包炒面,是她一天的口粮。她说过了溜索,她还要走近两个小时的山路才能到学校。

我问她怕不怕过溜索,她腼腆地摇了摇头。这时过来了一群过溜索的人,她们中有男女老少,只见一个妇女把一个小孩拴在腹部,熟练地将溜索绑架在溜索上,把溜索从溜梆孔中穿过,在腰部、臀部各绕一圈,最后一圈紧套在脖子上。她以仰卧的姿势,双手紧握溜梆,双脚一蹬,纵身一跃,便飞速滑越江面,眨眼间就滑到了对岸。随着溜索的上倾,溜梆徐徐停住,她一面脚蹬溜索,一面用手向上攀,到了溜桩前解带下溜,孩子和大人都丝毫无损。当我对他们勇士般的行为赞叹不已时,一位懂汉语的年轻人却平淡地对我说:"我们过溜索就像你们城里人骑单车一样。"

小伙子说,既然你已经到了怒江,那么不妨过过溜索吧。我不敢。这是所谓的陡溜,一不小心还不撞在山上撞死?陪着我的贡山武装部的霍师傅也一直在旁边劝我试试,他说,如果人的一生有这么一次,还会害怕什么?!

这时，来了两头小马。到了江边，小马似乎意识到主人要带它溜过江，直往后缩腿。小伙子帮马主人把一匹小马绑在一个溜梆上，马主人把自己绑在另一个溜梆上。人一手抓住绑小马的溜带，一手抓住自己头顶上方的溜带，开溜。小马可能是因为害怕，鼻子里发出"噗噗噗"的声音。快到对岸时，他们慢了下来，稳稳着陆。主人又一个人溜了过来，同样将另一匹小马带了过去。

小伙子说，"看，马都过去了，你还不敢?!"我想试试，但还是很害怕，于是，我问，这个溜索怎么"刹车"？霍师傅说，"它没车可刹，只能减速。"大家笑了起来，我也不好意思。慢慢地，多了几个人，他们也不走，可能都想看看我敢不敢溜吧！

小伙子说，不要怕，我带你过去，你就知道怎么"刹车"了。大家都笑了起来。他边说边用一根带子绑住我的腰部和臀部，熟练地将溜绑架在溜索上，把溜索从溜梆孔中穿过，然后他也同样绑好，以仰卧的姿势，双手紧握溜梆，双脚一蹬，纵身一跃，便飞速滑越江面。我吓得闭上眼睛，耳朵里分明听到了身下滚滚的水流声，我不禁向下看去，滚滚的波浪就在我的脚下，我的眼前一黑，全身冰凉，双手死命抓住溜梆，另一只手紧紧抓住小伙子的衣服，怎么也不敢睁开眼睛。

一会儿，小伙子说，"我要刹车了，你看住。"他将溜绳不停地拧，溜绳开始夹紧溜索，再加力拧，速度渐渐慢了下来，我们缓缓地着陆了，有惊无险。但我的两只手因攥得太紧，松开后一时伸不直。而小伙子说，"你的力气真大，我的肩膀被你抓得生疼。"

可过到了江对岸还必须回去呀，这就意味着要再来一次。我们换了一条过对岸的溜索，我没有那么害怕了，睁开眼睛看一看周围和脚下。

到了对岸，我发现我的腿一直在颤抖，旁观的人也发现了，哈哈大笑了起来，我就干脆抖得更厉害了。既然能让大家开心地笑一场，我也愿意。

霍师傅表扬我,说虽然"面无人色",但还是勇敢地挺过来了,如果在战争中,百分之百的好军人。

其实很多东西没有我们想象的那么可怕,只要能面对。

众神汇聚卡瓦卡布

　　从高处往下望去，平缓的山坡上，□红色的喇嘛寺，白色的天主堂、基督堂还有白塔，点落在卡瓦卡布山脚下，与景色相映成趣又相得益彰，是大自然给了人、神、佛美好的生存之地，还是人、神、佛烘托了大自然的力量。

　　丙中洛的卡瓦卡布雪山和中甸（今香格里拉）德钦的卡瓦格博雪山，两山相距不远，名字是如此相似，两地也一直在争夺谁才是真正的"香格里拉"。但谁能确定他们之中的哪一座就是詹姆斯·希尔顿的《消失的地平线》中的卡拉卡尔雪山？

　　庆幸的是，中甸虽然改名为"香格里拉"（由一本老外的小说而来的名字），但这两座山仍然保持了原有的名字，没有被改成"卡拉卡尔"。这也许可以感知到藏传佛教还是有它不由社会政治需要而改变的力量。每一个存在物都是神圣的，不论它的存在形态是巨是细。

　　这两个"香格里拉"我都去过，但在怒江流域，我们一路可以看到许多簇新的新建或翻建的天主教、基督教教堂，藏传佛教的白塔，还有寺庙。

　　丙中洛是一个多民族聚居的地方，也是各种宗教交汇的地方。在深山大川之中，林立着种种的宗教宣教地，这有什么历史根源吗？马克斯·缪勒是说过："谁如果知道一种宗教，他对宗教就一无所知。"这话不是很有道理，我知道多种宗教，佛教、伊斯兰教、基督教、天主教……甚至原始宗教，但又如何？仅仅是知道名目而已，我仍然可说是对宗教一无所知。

我的丙中洛之行，是贡山武装部的霍师傅当导游兼司机的，他是丽江石鼓人，1983年当兵来到贡山，算来也有二十三年了。他说，这一块土地，他没有不知道的事情。我随他走了许多地方，人们都称他"霍师傅"，有的干脆就称他"霍元甲"。

听说我想了解丙中洛的多种宗教并存的情况，他带我走遍了贡山能走到的有一定知名度的各种宗教宣教场所。

车行路上，突然他停下来，告诉我说，丙中洛对面的山崖上过去是有驿道的，传教士修的。我凝望着远处的山崖，寻思那百年前山路上那个孤独的身影，为什么他们来到这里，仅仅是神的力量？

那时的怒江属无人区，远离文明世界。他们仅从地图上知道这么一个地方，然后不远万里、徒步几个月，历经艰难不说还冒着无法预料的生命危险，终于进入这大山，并且，终其一生。我一直感慨于他们的这种行为，我认定这是一种"殉道精神"，但我为此种精神疑惑不解。也许，除了这些有文字记载的有名有姓的传教士们，通往滇西南和滇西北的那些不成路的山路上，还有许许多多没能到达目的地就命丧黄泉的传教士的尸骨？！据史料记载，当时的云南，有一万两千多天主教、基督教传教士活动在闭塞的崇山峻岭中。

霍师傅说，他十几年前和领导出去工作时，就听一个老人家说过，很早以前这个地方最原始的居民是土著怒族和独龙族，丙中洛也不叫丙中洛。由于喇嘛教的传入，丙中洛才叫丙中洛，因为"丙中洛"这个名字是藏语"藏族村"的意思；喇嘛教的传入改变了丙中洛的民族结构，使藏族成了这里的重要民族。

之后，丙中洛经历了从原始崇拜到喇嘛教的传入，再到天主教的传播的变迁，再到各宗教相安无事、互不干涉的平和局面。怒江文史资料记载，在喇嘛教没有传入时，怒族和独龙族信奉原始宗教，其中最重要的一种是岩神崇拜。岩神又称"吉米达"，是集山神、猎神、谷神、雨神、生育神、婚配神、保护神等诸神职能为一身的重要神□，无论是栽种、打猎、男婚女嫁、求儿求女等都要向岩神报告和祈求。

中国的民间文学是很活泛的，尤其藏族更是一个擅长在民间文学中将人神鬼融为一体的民族。霍师傅说，他记得那个已经去世了的做过喇嘛的老人家说，在二百年前，一个名叫杜建功的喇嘛到丙中洛传教，遭到了只崇拜万物有灵的怒族群众的反对，三十多人要把杜喇嘛赶出丙中洛，杜喇嘛用定身法术使前来围攻他的人动弹不得。不久钟焦、钟得、甲生三个村子的上百名怒族人，拿着大刀、长矛、弩弓再次驱逐杜喇嘛，杜喇嘛轻轻一吹就把堆在山头上的一大堆芋头吹下了山坡，滚向驱赶他的人群，砸伤了很多人。这两件事使很多怒族人信服了。从此喇嘛教就传进丙中洛，由于丙中洛村风水好，喇嘛们就在丙中洛修建了喇嘛寺。喇嘛寺就成了贡山当地的最高统治机构，并把丙中洛的土地占为喇嘛寺所有，规定凡是贡山境内的居民都要向喇嘛交纳贡税，而独龙江由于山高地偏只好免除了贡赋。

于是，我们可以想象，喇嘛教的传入使丙中洛从原始社会末期的社会形态进入了政教合一的社会，丙中洛也由此成了贡山县的政治、文化中心。

喇嘛教传入后，慢慢地与怒族的原始宗教结合在一起，进行了本地化的演进。一方面，喇嘛寺的喇嘛活佛在观念上也深受怒族原始宗教中岩神崇拜的影响，同样敬畏岩神和参加祭祀活动；另一方面，怒族祭祀岩神的仪式也扬弃了杀牲祭鬼的做法，采取了喇嘛教一年一度的朝山拜佛求仙、仙乳的形式。在一年一度祭祀岩神的"鲜花节"仪式当中，也充满了喇嘛教的色彩，主持祭祀的既有巫师，也有喇嘛，在金字塔的祭台上点烛香，熏柏枝，由喇嘛打鼓念经，另外，在石门关等著名岩壁上，刻上了梵文咒语。

丙中洛喇嘛寺在兰雀治格一世时达到了昌盛。

兰雀治格一世是由一个乞丐的儿子转世来的，所以取名叫"兰雀治格"，意为路上寻找到的喇嘛。1883年兰雀治格十八岁，重建了喇嘛寺，取名为"普化寺"，寺庙金碧辉煌，雕梁画栋，绘有彩色壁画，塑有泥佛像。财产在贡山首屈一指，有牛、马各一百，羊千余只，水田百五十多亩、年收取贡赋十一万斤，还有黄金数斗。

兰雀治格一世圆寂后，从德钦来了一个姓徐的代理喇嘛执事。这个喇嘛不仅是喇嘛寺的执事，还是一个地道的开发商、投机商、强买强卖的奸商，其精力主要用于做生意，为把生意做大，他修建了德钦华翁坪到贡山的人马驿道。从德钦把铁三角、布匹以及针线等日用商品由人背马驮，源源不断地运进了丙中洛、察瓦龙一带，换取金银；同时从西藏察瓦龙的扎根土司那里弄来羊毛线、食盐等杂货，强行高价换取丙中洛一带居民的粮食。比如，约一两一支羊毛线要换取五筒约十二点五斤的粮、一筒盐要换取五筒粮，所换的粮食又以喇嘛寺的名义，摊派民夫送往察瓦龙，民工稍不如意还要受到毒打。后来，徐喇嘛逼得当地人反抗，为此，喇嘛寺付出了五条人命和一千两银子，才打发掉了这个徐喇嘛，失去人和钱的喇嘛寺，从此走下坡路了。

时间相近，大约是1895年，法国天主教司铎任安守和另一名神甫在离丙中洛很近的西藏察瓦龙传教，他俩用送厚礼、交朋友、为人治病等方式取得了达吉更巴活佛的信任，在当地叫崩瓜的地方修建了一座天主教堂，堂而皇之地开始传教。天主教的传入必然要吸收教徒，排斥他教，阻止信徒再向喇嘛寺交纳贡税，这样势必侵犯喇嘛教的利益，任安守两人被喇嘛寺赶出了察瓦龙。

他来到了贡山，天主教因为他们的到来而到来。任安守又用同样的方式收买了兰雀治格一世。在兰雀治格一世的允许下，任安守在丙中洛的白汉洛村修建了教堂，这事又被西藏的贡格喇嘛知道了，于是派了几百人的武装从察瓦龙进入丙中洛，前来讨伐任安守。二百多名身背弩弓火枪、手持砍刀长矛的群众攻打白汉洛教堂。获知消息的任安守逃走了，当地人一把大火烧了洋教堂，这就是历史上所谓的"白汉洛教案"。

任安守翻越碧罗雪山到了维西厅，又到昆明，偕同法国驻昆领事一起到云贵总督的衙门，向云贵总督锡良提出了"强烈抗议"，要挟清政府赔偿损失三十万两银子和派兵镇压"乱民"。腐败无能的清政府，在法国驻华公使的无理要求下，答应了全部条件，并委派"阿墩子（今德钦）弹压委员"夏瑚，查办此案。

丙中洛反洋教运动被镇压后，以"赏官减银"的办法给任安守以三品道台的官职，赔银五万（另有赔银十五万两之说），重新修建白汉洛教堂，由普化寺赔金十两，丙中洛地区的群众除赔银三千两外，还把迪麻洛、茶腊、秋那桶等地原喇嘛寺的地产、地租划归白汉洛教堂。这才了结了"白汉洛教案"。

清政府迫于西方的压力，还命维西厅调了八十来人的哨兵驻扎在白汉洛村保护这个法国传教士。在清兵的保护下，任安守传教局面彻底改观了，一方面公开禁止当地群众信奉喇嘛，不准请喇嘛打鼓念经，教徒不能与非教徒结婚；一方面采取治病、施以恩惠、废除一些陋习等措施吸引藏、怒、独民族入教，这样天主教逐渐确立了在丙中洛的地位。

白汉洛教堂重新修成后，任安守又在贡山与察瓦龙接界的秋那桶村盖了一座新教堂。此后他常常往返于两个教堂之间进行传教活动。开始他选了一条从吾里山上到阿鲁腊卡的捷径山路，后来因在那条山路上遇到了猛兽，所以他要求在普化寺坡脚的重丁村盖一间房子做驿站。喇嘛寺同意了。

1921年，安德瑞到白汉洛教堂任教，他是德钦的茨中天主教堂派过来的，那时候，他是一个年轻的法国传教士，一个退役军人，参加过第一次世界大战。战争的阴影让这颗年轻的心不堪重负,来到了遥远神秘的中国西部。安德瑞更多的时候,是想在神的指引下,寻找到自己心灵的慰藉。

安德瑞来了之后,任安守就腾出手来,在重丁村买了一块地,从剑川请来了木、石、绘画、雕刻等匠人,新建了重丁大教堂。大教堂前后花了十年时间,于1935年落成。盖大教堂时,任安守还到香港去拍摄照片,参照那里的式样,把重丁大教堂盖成法国式结构:两旁为住楼,中为礼拜堂,还建有两座钟楼。大教堂盖成后,任安守任重丁教堂司铎,李文增(汉族,四川人)任秋那桶教堂神甫。重丁教堂在"文革"期间被毁,1996年在原址上重建,规模远小于过去的大教堂。

霍师傅开着车,说带我到重丁教堂看看,但不知道管理员丁大妈在不在。话音刚落,对面就来了一个中年妇女。霍师傅说:"怎么这么巧,说曹操曹操就到。"这个丁大妈就是那个"网络红人",田壮壮的《德拉姆》采访拍摄过的主要人物。大妈说:"霍师傅,你来了。真巧呀,我去院子里放水,家里来了几个客人,没有水用了。"

大妈开了院门,走到角落里去开水闸,我随意走动,走到坐落在院子右后侧的任安守墓地。

1937年,任安守在重丁去世,他在这里生活了近四十年。他的墓就在重丁教堂旁边,简单,上面覆盖石片,还有一个木制的十字架,甚至没有墓志铭。但教徒记住了他,天主记住了他。

大妈打开了教堂的大门,她径直在长凳前跪下,做起了祷告。走近这宗教圣地,我自然就脚步放轻,悄声敛息。不论是出于敬重或是畏惧,宗教总是使人庄重,也许是因为涉及精神信仰、"神圣"这样的词汇吧。因此,即便并不信仰,却也不敢轻慢。于是那苍茫暮色中的教堂,虽然简朴,但那份凝重,那份肃穆也能够很快感染你。我在"功德箱"中放下捐款,然后,征得大妈同意,我拍下了她和教堂。我请霍师傅给我和大妈拍合影时,他坚决不让我在教堂门口拍,把我们拉得远远的,到了院门口才行。

　　大妈非要请霍师傅去家里喝口水，坐一坐，我们就跟她往前走，大妈的家就在教堂的后面，三两分钟就到了。如今，她家可热闹了，许多"驴友"从网上知道她的情况，来了都很愿意到她这儿住。招牌也写成了"丁大妈家"。她家有大大的院子，整洁的房屋。一排二层的小楼干净地立在院子的一侧。大妈说，这是她找政府申请贷款建的旅馆，专门给来旅游的人住。"现在是旺季，生意不错呢"，大妈说。

　　这个拥有十余口人的大家庭，几乎就是民族大团结的一个缩影。今年六十二岁的丁大妈有四个女儿一个儿子。丁大妈是藏族的，老头子是怒族的，而大女婿则是白族的，二女婿是傈僳族，三女婿是壮族，儿媳是汉族。"在我们家里，有六个姓氏呢"，丁大妈说。现在孩子们都在外面上班，从事多种职业。每到春节的时候，孩子们都会赶回家过年。在这个家里，人人能懂五种语言，怒族话、藏族话、傈僳族话、独龙族话和汉话，五种语言常常换来换去。好在前四种语言大致都能通讲，他们沟通起来毫无困难，不难想象他们一家人七嘴八舌交谈时的热闹和精彩。有趣的是，这个家庭十余口人信奉四种宗教，天主教、基督教、藏传佛教等，互不干涉互不影响，到了时间就各去各的庙各的堂就行了。

　　我想起，在云南作家范稳的《水乳大地》中写道，沙利士神父对杜朗迪神父说："神山（卡瓦格博，藏族人的神山），它有多神？"傲慢的杜朗迪神父回答说："我们的职责就是：把圣十字架插在他们的雪山上。"外族的传教士要将尖利的十字架直指中国滇地的蓝天，那种宗教的侵略所指代的是民族的侵略，这不仅仅是藏族人无法接受的行为。但，这一切都在一种社会的强制力和佛教的宽容和忍耐中潜移默化地进行着，并成长壮大起来。

　　天主教的传入、社会变革的悄然兴起，喇嘛寺再也没有机会东山再起了。随着天主教的传入，中国半殖民地半封建社会的残败也在中国最末端、最封闭的丙中洛暴露无遗。

也许，任安守应该庆幸他死在了自己亲手建的教堂里，而不是在那进入大山的山路上。但任安守更应该庆幸的是，没有当时清政府的所作所为，他也不会有如此之美妙的传教环境。在任安守同时和以后，到丙中洛传教的天主教传教士有：法国人安德勒、鲍神甫，一个吕姓德国人，瑞士人艾真理、沙伯雷等七八人。在新中国成立前夕，以丙中洛为中心的贡山全境有六座教堂，信徒一千二百多人。

在天主教进入以丙中洛为中心的贡山不久，基督教也接踵而来。1931年，美国"基督教会"传教士莫尔斯从维西进入贡山传教，成立"滇藏基督教会"，从此，基督教在丙中洛的边沿一带，茨开镇、普拉低、捧当、独龙江乡传播开来。

"怒江第一湾"以南的双拉村可以说就是丙中洛的门户，全村三百七十多户人家，江东、江西都有分布，以吊桥相连。这里江西面的老乡一般信仰基督教，而江东的老乡则信仰天主教，还有不少人信奉藏传佛教。当然，也有交叉，甚至同一家庭的人有三种宗教信仰，各信其道，互不干涉。我到达双拉村时，正遇上做礼拜，江东有人冒雨背着孩子到江西的基督教堂，江西也有住在基督教堂旁的人前往江东去天主教堂。两岸人在村里唯一的山道上相遇了，热情地打招呼，然后各自离去。

浓郁的宗教文化深深地影响着人们的心理、生产、生活，也几乎成了一种社会规范行为。人们的言谈举止让人时时感到宗教文化的存在。许多村民自称为信徒，守着教规，非常虔诚，常从他们嘴里冒出"主"这个词，让许多远离宗教的外来人感到新奇。

丙中洛人给人的印象是随和、耐心、谨慎、讲礼貌，与这里安闲的生活、幽静的环境、浓郁的宗教氛围自然而然地融为了一体。

第二天，我打算从迪麻洛经白汉洛去德钦的茨中，这一条路就是当年安德瑞带领这儿的各民族人民修通的。以前在德钦时，我听朋友说起过安德瑞神父,在范稳的书中也能看到他的影子。我不明白的是,是神拯救了他,还是这犹如世外的大山、这大自然拯救了他?

从1921年到1937年的十六年间,他在丙中洛度过了一段孤独但却平静的时光,远离了巴黎的社交场所,远离了人类的劫难,在神的世界里安详。可是到了1937年,安神甫又被调回国,去参加的是他最不愿意的战争,第二次世界大战。大战结束后,他还是回到丙中洛,一直到1953年才离开中国。

安神甫当时负责修通了三条翻越碧罗雪山的人马驿道,白汉洛到茨中,白汉洛到永芝村以及腊咱到维西的岩瓦村。如今这些驿道已经成了探险旅游的黄金线路。不久的将来,由德钦到怒江的旅游公路就要开工了,希望在这里探险的旅游者还能知道那个修路的安神甫。

这就是丙中洛,人、天主、上帝、神与佛……共存。

尼采曾说过:"上帝死了……消失在地平线上……"希尔顿由此写出了《消失的地平线》。而丙中洛的地平线上,上帝没有死,他和其他的神佛一起,生活在高高的卡瓦卡布山下,供奉他们的是大山的子民。

行走于声色元阳

尽可能长地演奏一个单音
直到你听到它的独特的颤动

抓住这个单音
并聆听其他的一些单音
一直到他们全部聚集
并成为独特一体

缓慢地移动你的单音
直到你成就完全的和谐
所有的声音转变为纯粹的

金色,柔和的闪烁的火焰
演奏一个单音在宇宙的梦中
缓慢地改变它
进入宇宙的节奏中……

　　20世纪德国先锋派音乐的"教主"施托克豪森多年前在他录音的乐谱上写下这段文字。在2005年与2006年交替之际,站在朝阳云雾中的多依树梯田上时,这一段文字就自然地流动了起来,仿佛梯田已成为弹奏着宇宙之音也随立的那一架钢琴，层层梯田灵动了起来，那天籁之音也随着缥缈而来……

初遇元阳梯田不记得是在哪一年、哪一本精美的杂志上。那是我第一次知道，田地可以这样美，可以这样的线条呈现，可以在阳光和蓝天的作用下如此绚丽多彩。

2003年，我在昆明认识了白阿姨，她的家就在元阳，就是已成为一大景点的勐弄土司府。于是，时过两年终于有了我的元阳之行，当然，第一站就是从前的土司小姐——白阿姨过去的家。

来到攀枝花乡，走进村子，远远就能看见台阶之上高高耸立的红色建筑，土司署坐南朝北依山险踞，居高临下，飞檐挑耸，气势恢宏，衙门的门上悬一木匾，上镌八个金色大字"皇封世袭猛弄司署"。

从前的土司府早已被毁，如今的土司府由政府和土司的后人出资重建。从外形来看像极一座庙宇，而内里所陈列的资料也零落不成模样。府所已成为待客的招待所，没有了任何可参观的价值。这也成为勐弄土司后人的一大遗憾。

坐在土司署二楼的阳台上小憩，眼前是层层叠嶂的山峦，居高临下，土司的领土大抵都在视线范围内，清风吹来，檐角的风铃叮当直响，悦耳动听。

白阿姨的父母当年一定是非常相爱，要不然，一个昆明的女学生放弃了富裕的家庭、大都市的繁华来到猛弄这穷乡僻壤，并如此地坚强，在危难时承担起土司的职责，照顾她的孩子，照顾她的子民。这样的爱情，怎不令人感喟！

转眼间，呈现在眼前壮观的梯田将我心中的不悦一扫而空。

这气势，何止为梯田那么简单！

放眼望去，沟壑山岭，坡坡有梯田，沟沟嵌梯田，坡坡梯田又相连，形成梯田的立体海洋。

虽然有人告诉我元阳梯田是和云雾相生的，而我的元阳之旅第一天却是艳阳天，也许云雾的生成是在清晨和傍晚吧?

我们来到老虎嘴梯田，在公路边俯瞰，不止百米深的谷底，展示的是一幅如玻璃镶嵌般的画作。除了立体感强外，颜色的层次感也很强烈。玻璃画以浅蓝色为主，它们排列得紧密，有的几乎重叠在一起。幸好有树、小茅屋，在繁杂的画面上立下标志，使得这幅画作不至于单调。在镜头下，所到之处自成一个个不同的格局。同行的朋友告诉我，从这一幅水彩而作的西洋画里，我们可以找出八匹骏马，而我只能指出那正准备跃出我的镜头的一匹而已。

偶有一条水牛，或一位农人在田中行走，他们的倒影在梯田那如画般的平面上移动着，它盘活了梯田，动感了梯田。我的镜头对着他时，他也正远望着我。

对面山坡上斜挂着一行行的梯级，远距镜头里有粼粼波光。

太阳西斜，镶嵌画改了原料，田埂成为铜片、铁片和铝片，粘在细长的不规则格子里的嵌套，颜色暗了，却是闪烁着熠熠的金属光。

箐口民俗村村口坐着的那一个老妇人让我很好奇，她的眼神是那么淡定，并不将过来过往的人放在眼中，她的脚边放着一堆小玩意儿待售；而那些孩子在座座玲珑美观、独树一帜的"蘑菇房"间窜来窜去，嬉笑打闹着；村妇们同样也不会多看来往的人一眼，她们有她们自己的日常生活。村子中间的那一块公共活动的场地上，姜文的《太阳升》(后定名为《太阳照常升起》)剧组正准备收工。站在中心区，看到四周的山坡、梯田就在面前，一层层的，平平整整，依山而去，自然地弯成一道或几道弯，那么自然，那么不事雕琢，也似乐符的跃然。那间杂的山林间淡色的小屋，正冒出缕缕轻烟，为这场大自然的音乐会渲染气氛。而近处，一群孩子正在剧组的摄影发烧友的镜头前欢跳着。

第二天。多依树、云雾、日出。

那天我们逾六时起床，开车赶往多依树梯田。

月亮还在天上挂着，太阳还没露脸，但天空已有了一块橙色的云，脚下的梯田轮廓在微光下依稀可辨。

月光下已经可以看见那些架着"长枪短炮"的摄影发烧友们，他们各自占着自以为绝佳的拍照位置，就为了等待着阳光出现时的那一刹那。

云雾是沿着逐渐升高的梯田匍匐而来的，有时恰好就形成一道屏障，把远处多余的黑暗遮挡了。云海漫漫从山谷涌了上来，轻轻地就把所有揽入怀内，又悄然随风翻过山坳，在远处的山峦转身回来，梯田似乎是云雾的舞台，云层遮盖了太阳。太阳在云层后面若隐若现，偶尔洒落点点的金光，铺在梯田弯弯的水面，不时地，你就会看见那团团簇簇落在梯田的不同的地方，时而又把白色的云海渲染成粉红色。田埂是黝黑的，像是大地的乐谱，为那金色的音符，于无声处演奏出美妙的音乐。

太阳终于跃出山头，一点也不收敛的光芒，把山、树木和梯田一下子都照亮了。原先寂静的山坡间，突然充满了欢快的快门声。没有人说话，没有人呼吸。

多依树的日出是最美的。像版画一样，颜色多变，特别是日出之际，水的颜色随太阳、云雾的位置变化而变化。而烟雨迷雾下若隐若现的多依树村庄，则是现实中的梦幻仙境。

坝达的日落，同样让人目瞪口呆。让人发呆的不是日落之中的夕阳，而是夕照下的梯田，长达三千多级的梯田伴随着水田颜色不断变化，犹如置身于一种魔幻境界。它那简单的线条以及黑白对比色带给人视觉上的震撼，会超出这世上最伟大的画家或音乐家带给人的激动。

阳光慢慢地落下，晚霞斜射到梯田的田埂上，原先在阳光照耀下，泛着亮光的梯田开始泛黄，进而泛出柔曼的金黄。

慢慢地，云雾不知从哪儿又"放"了出来，渐渐弥散开。

我们就这么站着，看着层层叠叠的梯田上云雾弥漫，村寨和树林在云雾里虚无缥缈，若隐若现。但不愿离去的阳光仍然穿透云雾，映照到梯田里。

太阳终于无奈地离去了，躲进厚厚的云层，天空橘红色，山体黑色，梯田的水在晚霞的反射下呈浅黄色、浅红色，这画面完全就是一幅彩色版画，而且是活生生的版画，如果你愿意，触手可及！

元阳之行已过去多时，但我知道我还会有机会再往。白阿姨答应我会亲自带我去她父亲从前的领地——哈播，去参加长街宴，到时还会有一套哈尼人的服饰等着我。

我期待着再次的元阳之行，那时的梯田美景已绝非我从前所见。

路那山里的女土司

昆明，翠湖边的一间茶馆。

白丽华阿姨向我说起她的父亲去世时的情景："那一天，我还在睡梦中，就被家里的佣人叫起，急急忙忙穿衣，然后来到大厅。看到父亲躺在那儿，他是被人用毒药暗害的。他落葬时，坟穴的旁边是一大片绿地，母亲在一边哭泣，而我和小朋友却在绿草地上快乐地追逐、嬉戏……"

说到这儿，阿姨眼圈红了起来，她用手帕擦了擦，还轻声地说了声"不好意思"。如此大的反差，俨然就是一部电视剧的开片镜头。

白丽华，一个从前云南元阳哈尼族土司家的最小的格格，一个而今散发着贵族气息的女医生。

她的老家在云南元阳老县城附近的路那山上，现在称攀枝花乡。自从父亲去世、母亲继位、社会解放、母亲进城之后，除了母亲，他们一家就很少去从前的领地了，但每次回去，那儿的老乡民仍然会以从前对待土司老爷的礼节对待他们。

元阳，以梯田美景著称于世。当我们走近她，却发现进入我的相机镜头的不仅是那如诗如画的景致。山风吹过路边被落日的余晖映照得煌煌如炬的芦苇花的尖梢，从山脚到山顶呈不规则曲线密密排列的梯田像是岁月镌刻在群山间奇特的文字，在渐落渐变的夕阳下幻化出奇丽的色彩，静默如老人的大山似乎在诉说着什么……

元阳县在明清之际，是实行土司治理的区域，勐弄土司就是其中之一，其所辖区域较广，如今的攀枝花乡、黄草岭、哈播、俄扎等地，均属他的领地。辖区内住有哈尼、彝、苗、瑶、壮等民族。勐弄土司在明清时隶属于临安府，自雍正十三年（1735）授予哈尼族白安为土司，后嗣到白张惠仙，共有十一代。

昆明洋学堂的学生张惠仙17岁时嫁到这大山里，她怎么也没有想到，会有一天当了土司夫人，最后又从"阿皮"到"阿波"，自己成了土司，这是她很不情愿但又无奈的。

丽华阿姨说起她的妈妈白张惠仙，脸上泛起光彩，似乎她的母亲没有离开她。

张惠仙的娘家是昆明城里一个家道殷实的盐商家庭，她排行老五。她打小就是男孩子脾气，不喜女红，不好梳妆打扮。她最喜欢和男娃娃一起打弹珠或"打窝"（在地上挖一个小坑用铜板比赛，看谁掷得远）。

张惠仙在无忧无虑中渐渐长大，家里送她进了昆明女中读书。那时的女孩能进中学读书的很少，昆明女中的学生在社会上颇受瞩目，达官贵人娶亲，女中的学生几乎是首选。张惠仙长到该嫁的年龄，十七岁时，她没有想到，在遥远的元阳大山里发生了一件改变她终生命运的事情。

那年，元阳勐弄的哈尼族土司白日新也是十七岁，他正为抗婚而把家里闹得鸡犬不宁。按旧习俗，长辈早就为他定下了一门亲事，女方是当地另一家土司的女儿。可年轻的土司读过书见过世面，他要自己到昆明去找一个受过教育的女子为妻。

白日新来到了昆明，他向媒人提了一个条件，要求先见女方一面，他要自己决定自己的终身大事。

那天，张惠仙的母亲让她和堂姐去公园玩，天真的她玩得开心，一点儿也没有发现不远处有两个男人正关注着她们，那正是年轻的白日新和他的朋友。让白日新下定决心娶张惠仙的是朋友的一句话："这个女人容貌端庄，将来一定会给你生儿子。"

1930年，媒人提亲，父母包办，就这样，张惠仙出嫁了。婚礼是在昆明的一个礼堂里举行的，那天张惠仙穿上了漂亮的旗袍，头上还披了粉色的纱。新郎白日新穿着马褂，胸前结了朵大红花。往后，张惠仙就成了白张惠仙。

新婚后没几天，新娘要和新郎回元阳，张惠仙对元阳没有一点概念，她问丈夫那儿有没有电影院，丈夫含糊地回答她，那里山清水秀，城里有的那里也有。

两天的火车，大火车又换成小火车，白张惠仙和丈夫来到了建水。勐弄土司府所辖的七个头人都来到车站迎接。面对这群穿戴缀银的对襟衣服，腰悬银把长刀的人，白张惠仙心里开始有了恐惧，她担心是不是嫁给了一个山大王。

这时，白张惠仙将要脱下汉人的所有服饰，穿戴上哈尼人的衣服。从这时起，她真正成了土司夫人。那一幕如果在电影银幕上来看，是那么的壮烈，似乎有一种视死如归的意味。此时的白张惠仙已无可选择！

坐上两人抬的滑竿，走了整整三天，白张惠仙深入到了路那山的腹地。面对群山，十七岁的新娘哭了。

元阳的大山呀！一低低到河，一高高通天。她只有紧紧地依靠着和她一般年纪的丈夫。

白日新安慰着她，但同时也告诉她，要遵循土司府的规矩，和长辈说话不能说"我怎么样怎么样"，而应该说"媳妇怎么样怎么样"，而且嫁到土司府就不能随便回昆明娘家了。

当时的白张惠仙毕竟年轻单纯，加之丈夫处处体贴她，而婆婆又是从建水嫁进来的汉族女子，也很体谅这个省城来的儿媳妇。她渐渐地适应了新的生活环境。

虽然，勐弄土司不是很高的官阶，但官府还是很气派的，到了白日新这一代，原来仿汉族殿堂式的衙门，已逐步形成了庞大的建筑群。顺山势而建的衙门，由台阶登高而上，房屋层层叠起，显示出一种威严。大黑山、锡欧坡列排两边，视线开阔。这种景致，让城里来的媳妇颇感新鲜。

哈尼族称土司为"阿波"，土司的妻子为"阿皮"。当上阿皮的白张惠仙对每一件事情都感新鲜。土司府人很多，各个里当值的头人，加上各房的跟班侍候，每天吃饭都有二百多人。开饭的场面很壮观，饭煮好了要吹号角，由各房的人抬着饭斗子来盛饭。土司府的节日也很多，既要过汉族的中秋节、春节，也要过哈尼族的苦渣渣节、彝族的火把节。中秋节，要用马队从建水驮回月饼；春节时要到各村寨祭祖，守夜要到很晚，还要象征性地往水里扔钱，买水。火把节最热闹，土司和家人坐在高台上看斗牛和摔跤。每年的正月十三，还有十三会，那天全勐弄的头人都要到土司府的操场，由白日新向他们交代一年的派差派粮的事宜，同时向山神祈求全年风调雨顺。

但平常的日子是枯燥的，白日新白天要处理土司的公务，白张惠仙在家没有什么事干。为了让年轻的妻子打发时间，白日新从昆明买回了留声机和收音机。有一次甚至还带回了一架电影机，可只是放了一两次就再也没有使用了，因为当地百姓没有见过电影，他们认为这是"官家在整鬼事"，电影在当地引起了恐慌，只得作罢。

尽管白张惠仙的家庭生活其乐融融，但她毕竟还是生活在一个"山高皇帝远"穷山恶水的地方，时常是阴云密布，杀机暗伏。因为当地的土司与土司之间，甚至土司府内部，常为争夺地盘、争权夺利而纷争不已，仇杀不停。白日新的父亲，老土司就是在一次外出途中被仇家伏击而丧命的。当时，白日新尚在母亲腹中。所以土司家的人出门总是要带上持枪的侍卫。

1943年，相同的命运也落到了三十岁的白日新身上。白家的世仇买通了白日新的保健医生，在白日新上昆明办事的时候，在他的药里下了毒。白日新的遗体送回元阳，白张惠仙一见就昏了过去，一对恩爱夫妻从此阴阳两隔。这时她已经是四个孩子的母亲,今后的日子怎么过?历经两次灾难的婆婆站了出来劝她:我儿子虽死了,但土司家不能倒。我们重新打鼓重参神,你一定要把白家的骨肉抚养成人。

按惯例,白日新死后应由其长子世袭土司一职,但那时白张惠仙的儿子白振寰年仅九岁,于是白张惠仙代理了土司一职,她成了勐弄的阿波。从此,为了孩子的人身安全,她将长子安置在昆明,离开是是非非与争权夺利之地。多年来,长子几乎没有回过他们的领地。

一个女人,要当好阿波不是件容易的事,开始白张惠仙不知该怎么干才好,连管理租粮的"米布"和管理枪支的"枪布"都不知道放在哪里。但因为她有文化,头人们基本还是拥护她。白张惠仙开始处理土司的日常公务,主要是当地老百姓的一些诉讼。做了许多很有人情味的事,让落后的山寨也有了文明的气息。

日子不是总是那么平静,没多久,下面的一个头人叛乱了。那个头人觉得一个女人家应该很容易对付,带了一百多人来攻打土司府。此时的白张惠仙已不是那个见到大山就吓得哭的女孩子了,路那山让她变得坚强起来。她率领土司府的四百多人应战,一天就将来犯的头人打退了。

1947年,国民党的统治分崩离析,无法控制地方社会秩序,边疆民族地区更是混乱,匪患猖獗,白张惠仙感到在勐弄已难以存身,便携子女回昆明居住。1950年云南全境解放。

当时元阳勐弄外三里一带的头人各占一方,武装对抗人民政府与解放军,国民党特务还在当地造谣说白张惠仙全家已被共产党杀光了。1951年7月,白张惠仙回到了元阳,担任勐弄乡乡长,经常骑马下乡协助政府宣传政策,做争取少数民族的工作,让头人们交出了武装。1956年她调到昆明任省民族事务委员会委员。

之后的多年,老人又经历过无数的挫折和身心的创伤,但她从不抱怨,以一种宽容大度的贵族气质影响着周围的人。

我说想去看望老人家，丽华阿姨说人一年前去世了。

丽华阿姨说母亲身体好时还常常回路那山，老人难忘过去，难忘她的幸福和苦难，还有她永远留在那里的亲人。每次回去，从前领地的人们还是如当年的"阿波"一样对他，让她很感动。

看着白张惠仙和丈夫年轻时的合影，丽华阿姨确实长得像父亲，温文尔雅。她说话的语调平稳，她说她正忙着将父母的一生写出来。

我离开昆明的那天，去和丽华阿姨道别，她正在和几位基督教的教友、几位外国友人聚会，那个场面很温情也很庄重。

老人走了。她经历过的那个时代已过去了，见证那个时代的其他人也所剩无几了。路那山见证了沧海桑田，可它们永远在日月星辰之下默默无言……

听，阳光穿窗而来

腾冲的第二天，一早，躺在酒店的床上。

一束狭长的光束透过窗帘进入屋内，屋内渐渐亮了起来。这光束将空气中飘逸的尘土微粒照亮，倾斜在屋中，神秘至极，犹如天梯……

我就这么看着，不忍拉开窗帘，天透亮，直至光束消融。

在一个陌生的城市里随意走着，无人相识无人等候也无须顾忌，由着性子像游魂一样，这儿瞧瞧那儿望望，除了感觉自在还有点儿感觉是在"偷窥"。

腾冲，突然出现在我眼前的一个词。于是，就有了从昆明至腾冲十余小时渐渐疲惫的的车程。

北海湿地

对湿地，我有着一种别样的感觉。在男性诗人的眼中，湿地是"雌性"的；在女性评论家的眼中，湿地是"温床"；在我的语言中，湿地是以一种母性形象出现。也许，这就是湿地本该有的"形象"。

人们把湿地称为"生命的摇篮""地球之肾"和"鸟类的乐园"。这些词于我而言，似乎太专业了一些，但她的那种包容和温润，是否就是一种母性的体现呢？据说，北海湿地是云南最大的火山堰塞湖，是云南省唯一的国家湿地保护区。

我的1月湿地之行，由一对美丽的母女相陪。慧兰大姐和她可爱的女儿珊珊。一直在昆明读书的珊珊，不久前中专毕业了，在家等着就业的消息。慧兰大姐开着车，在刚刚还是阳光普照转而又是连绵小雨的天气里，去北海湿地，因为我和珊珊坚持说，这种天气去湿地，人少。

　　明净的水面波光粼粼，大片的草地一直蔓延到山脚下。这大片的草其实是漂浮在水面上的，由各种水草的根须经过千万年的生死串结而成，厚度大约在一米，被称为"草排"或"海排"。珊珊说，我们不走正门，跟着住在附近的居民从田埂上进"草海"，这样可以省不少钱。

　　太静、太美，鸟不鸣，云不走，仿佛时光沉滞，只有我们的小船在移动。坐船来到一块已开辟为活动区的草排边，试着踏上这貌不惊人的草排——惊呼声中，只觉得草排在晃动，人在往下陷，湖水从周围涌过来，从草丛中冒上来，不一会儿，站立之处便下落为坑，积水为潭了。兴奋的我，不用船家的搀扶，一路"狂奔"，突然一腿下沉，与草底的湖水"肌肤相亲"。仪态顿失的我，待提起灌满了水的雨鞋时，大笑起来，惹得矜持的船家也和我们一起大笑。

　　我们就在这船上和岸上（草岸）游走着，水草、被遗弃的渔网及里面的三条小鱼，还有隐在草排上钓鱼的男人，全都成了我们感兴趣的对象。时间一直在走，船家在我们的额外付出后，也一直开心地陪着给我们讲湿地的故事。她说，原来的湿地有现在的两个大，后来被填海种地毁掉了，就成了现在这个样子。四五月的草海最美，开满了紫色的名叫鸢尾花的花，还有很多鸟，8月则开满白色的野花，如仙境一般美丽。现在季节不对。为了环保及安全，草海里分片对游人开放，可以在指定的水草上行走，其他地方还有竹片搭建的栈道可供游客穿行于草地上，游客也可划船。

　　湿地初看以为是沼泽地，其实大不一样，最不同的就是湿地当中的水草是整片地浮在水面上的。比如在北海的水草，成片成片的，通常有一米多厚，所以人走到上面一点没事，掉不下去，像踩泥潭和沼泽一样的感觉，可水草下面水深却有十几米，所以不知底细的人还当水很浅，以为草是长在水底的。当地人经常把分开的一小片草地当船来划，捕鱼虾。

此时，阳光露出了她依旧的笑脸，暖暖的。雨歇，草岸上升腾起氤氲的雾气。

珊珊对我这远道而来的"□□"颇感兴趣。温婉的姑娘告诉我，她的母亲是本地人，出生在一个大江边的偏僻但美丽的小山村。母亲读了医校，做了一名医生，后来，遇到了从浙江来腾冲开矿做木材生意的父亲，一个曾经的军人，她嫁给了小她几岁的这个外乡人。母亲一边抚养着幼小的弟弟，代行母责，自己也生下了一儿一女，同时帮丈夫打理生意，几年下来，他们成为在腾冲能排得上名次的"富人"。儿女到了该读书的年龄，她将他们全送往昆明，从小学到中学。如今，珊珊的小舅舅也从北京读完大学回到腾冲，成了一名税务干部，还带回来了一个大学同学做"媳妇"，也是一个江浙人。珊珊自己的哥哥不是很爱读书，于是，母亲就买了一大块地，建了一个在当地比较好的酒店，准备交给哥哥打理，哥哥最近也定下了一个媳妇，是在昆明工作的腾冲人。而珊珊呢，母亲希望她能走出去，最好今后能去杭州定居，这样，父亲就可以了叶落归根的愿望了。

可爱的珊珊这么一直说着，慧兰大姐在我心目中的形象越来越充实丰满起来，不仅仅是一个母亲、妻子。我来此之前曾听我的朋友也是慧兰大姐的朋友讲的一个故事：与丈夫共同创业的大姐得知丈夫将一百万借给了一个有生意往来的另一个女人，且那个女人曾经与丈夫关系极为密切。最终，这钱无法回来时，丈夫要与那个女人"对簿公堂"。她回了老家几天，之后，她对丈夫说，算了吧，这事就结束了，那个女人也很艰难。

我一直不明白她如何能做到如此程度。也许她也经历过极为复杂的内心的煎熬。这就是母性吧，那么无私那么无所求，又那么坚忍包容。

"快看快看，水鸟"，珊珊兴奋地叫了起来，我的眼神投向了远处。大山环抱的这一汪湖水，在冬天，一片成熟的黄色，不张扬不耀眼。一切都是那么井然有序，却又发生着许多不为人知的事情。

大片的稻田和湖泊，错以为到了江南的水乡，从吱吱叽叽的竹桥上走过，阳光斜斜地照在干枯的草地上，远处摇橹的小船在河道里静悄悄地滑行……

在车里织着毛衣等我们的大姐，只是说了一句："耍了这么久，肚子饿了吧？"

有人告诉我北海湿地最美的季节不是现在，而我想，她最美的东西已经为我所捕捉到了，不是用我的相机。

现在的珊珊已经是一名边防武警战士，而她的母亲在家中正为儿子的婚事忙碌着。

和　顺

和顺是腾冲的一个乡，在和顺的巷子里，我给朋友发信息，告诉他们："这个地方可以让人迈着悠悠的台步走路，你们来吧，将广州的那种步伐丢弃。"

李氏宗祠里，阳光被窗棂分隔成一束一束渗透进来。在这里感受阳光，似乎它是一种来自宇宙深处的能量，它释放着天地间超越生与死的独特语言，这种语言蕴含了世界的一切：诞生与衰老的周而复始，静寂与喧嚣的交替，创造与毁灭的往返，还是存在与之相反的状态……

和顺，居于一个风水十分奇妙的坝子，四周青山环拱：东翔来凤、南腾黑龙、西架马鞍、北擂鼓顶。这"凤""龙""鞍""鼓"诸山是清一色的火山。先人也许是因为感叹照在村前小河里的流红尚金的阳光，就把这儿取名"阳温暾"（阳光温暖之意），后因村前的河，又取名"河顺"，到了清代康熙年间便正式有了现在的名字"和顺"。

村落依傍着后面的山坳而建，房屋顺着坡脚走，沿河岸向上延伸，整个村子就像一个巨型的"马蹄窝"。走在路上，遇上的男人不管是荷锄的、挑粪的、持伞的，都那么斯文儒雅，知书达理；在家的女人说话都轻声细语、做事收声敛气。每一姓氏都拥有自家姓氏的巷道，自成生活体系。后来才知，这个村庄亦农亦商亦儒的生活方式。

阳光下的和顺，空气中似乎收贮着一种悠远的祖先血脉中传下来的浓浓的汉文化气息。在元、明时期，从中原走来的一队队士兵，在此镇守边关，从此于此繁衍生息；自明清之后，在六百多年的风雨历程中，边陲古道的马铃声，记录着中、缅、印的商贸历史；滇缅血战也成为过去，而和顺依时而存。

我行走在和顺幽深的巷道，寻觅小巷人家的故事。这里面不仅有凄苦，也有悲壮和辉煌。

和顺，人多地少，地处西南古丝路要冲，于是"穷走夷方急走场"，一代代和顺人为谋生"苦钱"，顺西南古丝道出发，远走他乡，从商办实业，他们的足迹遍布东南亚及其他十三个国家和地区，至今有一万多人侨居海外，形成了"海外的和顺"，这使和顺乡形成了独特的华侨文化。

历史上，和顺乡曾涌现出缅王国师尹蓉、马克思主义哲学家艾思奇（毛泽东的老师，他的父亲李曰垓，是蔡锷护国军第一军的秘书长，著名的《讨袁檄文》即出自他的手笔）、云南大学校长寸树声，还有"翡翠大王"寸尊福，富甲一方的"永茂和"商号。和顺自古有重教兴文的优良传统，这里有被誉为"中国乡村文化界堪称第一"的和顺图书馆，保存完好的文昌馆。在这块土地上还保留具有典型汉文化风格的古建筑群和各具建筑特色的宗祠，如张、刘、尹、寸、贾、李、钟八大姓的宗祠，建筑以明清风格为主，式样各异。这些都使和顺具备了丰富的历史文化积淀和浓郁的人文气息，与这里田园牧歌式的乡村秀美自然风光珠联璧合，相得益彰。走进一座座明清古寺、古碉、古城，走进一座座清幽古老的院落和一道道石板小巷，走过一道道贞节牌坊，你会在一种特别的文化氛围中受到震撼。

一个老奶奶，提着篮，可能刚从地里摘菜回来，她走向李家巷，身着一袭裘皮大衣。此时的我已基本了解和顺，这一幕也不足为奇。因为，你不论去到哪一家，总会不经意地发现一些有趣的东西，比方说，你刚刚看到的丢在屋角的那个东西，其实是来自俄罗斯烧炭的熨斗，曾熨过长衫马褂，也熨过西服与中山装。

多年来的和顺，外表越来越新，路也比从前"走夷"的人们走的路不知强了多少倍，专为心爱的女人建的能遮风挡雨的洗衣亭还在用着，但歇脚亭已失去了往日的用途，许多的房子也因年久失修，几近坍塌。老人说，正因为从前的人有钱建而后人无钱修，所以，很多在海外的和顺人也就不怎么回来了。而经过广为宣传的和顺，人仍然越来越多。

和顺的独特之处在于它力透纸背的历史文化气息和自然环境的结合，除此，很多地方都"和顺"。

国殇墓园

"出不入兮往不反，平原忽兮路超远……身既死兮神以灵，魂魄毅兮为鬼雄。"这是伟大的诗人屈原的《九歌·国殇》中的诗句，我想"国殇墓园"名字的由来应于此吧。

去国殇墓园的路上，阳光灿烂，但一进园区，因为茂密大树的掩映，墓园沉郁了下来。

出外，我几乎从不去墓地参观，不论逝者的身份为何。而在腾冲，我没有任何考虑地在当地部队同志小刘的陪同下，去了国殇墓园。

在腾冲县城西南一公里的叠水河畔小团坡下，建有中国远征军二十集团军腾冲收复战阵亡将士的纪念陵园，既"国殇墓园"。

那天那一时,整个墓园,除了我和小刘再没有多一个人,不,我错了,还有那么多的长眠于此的将士们。我们从大门慢慢走向忠烈祠。忠烈祠里,正对大门,张挂着孙中山先生的大幅照片,一路走着,至烈士墓、纪念塔。

小刘已经不记得陪同游客参观了多少次,他已全然成了一位导游。他告诉我,第二次世界大战期间,既1942年5月,日军击败中英缅军后进犯滇西边境,中国抗战后方唯一国际通道——滇缅公路被截断。1944年5月,为了收复滇西失土,使盟国援华物资顺利进入中国,中国远征军发起了滇西反攻。远征军右翼军第二十集团军以六个师的兵力强渡怒江,又在盟军配合下,围攻腾冲城,与敌人展开殊死巷战。经过四十三天的血战,于1944年9月14日将日寇全部歼灭,收复腾冲。此次战役共歼灭日军六千余人,远征军官兵阵亡九千一百六十八人,盟军官兵阵亡十九人。

腾冲光复后,在云贵监察史李根源先生的倡导下,各方集资在风景秀丽的来凤山下、气势雄伟壮观的叠水河畔修建了国殇墓园,以安忠魂。工程于1945年1月初动工,同年7月7日落成。全园占地面积八十亩,园内苍松翠柏参天蔽日,环境幽静,庄严肃穆。

我们走到祠后,高约三十米的小团坡,坡顶呈一圆形平台,正中耸立着巍峨雄伟的纪念塔,塔身呈方锥体,犹如一柄出鞘的长剑,直指云霄。烈士墓以塔为中心呈辐射状,按作战序列成纵队排列,碑上刻有烈士的英名及军衔。

忠烈祠的右旁,是2004年9月重修的盟军碑。墓碑由一个主碑和十九个附碑组成。主碑上刻有原墓碑上中英文对照的碑文,附碑上刻有十九名盟军烈士的英名及军衔,主要是为纪念六十多年前为世界反法西斯战争胜利而牺牲在腾冲的美籍军人,告慰异国之魂。

而在大门的左侧,有几座低矮的"倭冢",里面葬有侵华日军一四八联队队长藏重康美大佐、副队长太田大尉和桑弘大尉,他们面对小团坡,长年行跪拜请罪。作为侵略者惨败的见证，这座特殊的墓碑一样受到保护。

小刘告诉我，还有很多的死亡将士没能找到，就是葬在这儿的也有很多没有为家人找到。

在许多将士的墓台沿上，放着一些烟蒂，我知道，这是游人为了表示自己的敬意，为烈士们敬上的。不抽烟的小刘也为几位将士点上了几支烟。此时的小刘，让我肃然起敬。

墓园里仍旧沉郁，我知道，太阳也不想打扰这些将士们的休息。

建设的建，风水的水

建水，七个世纪的古城。

一直对这两个字有感觉，想象里，我赋予了其血性十足的男人气质。我以为，那就是建水。然而，真正走过建水，才知道自己错了。

它不是。

于是，这次，从元阳返回昆明，我便有十分理由奔赴建水而去。

建水的标志性建筑是那座古城楼，名"朝阳门"，形若天安门城楼，建成时间较早。建水之朱家花园，略有可看之处；文笔塔等其他地方，零星古迹，不足以激起造访的欲望。倒是文庙，却是一处清静悠闲的好去处，建水本是有名的礼仪之邦，孔子门下，松竹陋春之下，早晚都是一片书声琅琅，更难得里面偌大一片荷塘，于闹市间平白得了这风生水起，着实叫人喜欢。

建水，唯有双龙桥，是我独喜的。荒郊野外的地界，寻常游人极少寻了去，不过一座石砌拱桥，延绵数百米，桥上两座古旧桥楼，青石横木间记载岁月沧桑罢了。

去时，坐了破烂公交车到郊区，又穿过一条长长的乡间菜市集贸易街，和一段黄土飞扬的村道。炽热阳光下，时有载货物的卡车和拖拉机突突开过，扬起漫天黄尘，这并不是个愉快的过程。然而，当我看到夕阳下的双龙桥时，它在田野和乡村的夹杂中，安然寂立，有亘古的巍然。桥不宽，我坐在高大的石砌桥栏上，看偶尔经过袭袭作响的摩托车，以及哐当哐当作响的自行车,和一些提着篮子的老人以及无所事事的少年。

极目远眺,村郭有炊烟,远处有人家,卡车仍然在桥那边的土路上奔走,唯我脚下,河水早已干涸,原先冲击形成的河道正逐渐失去它的形迹,而渐被田野菜畦所淹没。

细细抚摸每块光溜溜的石板,发现上面并无灰尘;我在桥楼的阴影里独坐,唱一首无人所知的歌;我在显得高大空旷的桥楼下,看每根柱子和代表技术精湛的拱梁,以及那些记载建桥功德的石碑。

桥楼老了,通往二层的楼梯木门被铁锁锁了,锁生了锈,已很久没有开过的痕迹。桥楼下静坐,阳光无法探到的地方,沉重阴影覆倾,两头通透的风涌进来,打个旋,又穿出去。谁来过?谁坐过?谁记得?谁知道?

我走的时候,夕阳正如血,回头看时,那座长若游龙惊鸿的桥,在一片血色的光影里,巍峨泱然。

其实建水之气质,更如小家碧玉,没有深藏于宫阙之后的雍容,也无重楼深院的矜持,有的只是清水洗出似的朴素和虔诚的礼乐教化。且看建水的寻常小巷,少官郡多民居,门脸总是飞檐斗拱,斑驳围墙,内里高树隐约,屋脊挑起,却又不失大派作风,一任的是寻常居家味道,透着几许隐逸,如同通海的那些门口坐着缠足蓝衫老妪的高墙院落,是百年生活底色的延续和风雨残留,在这个日益喧嚣烦躁的城市中固守出的最后一片净土。

小巷中一转,不经意就能发现著名的两眼井、三眼井和四眼井,它立于四方小巷的通达交汇之处,青石砌就的井台上,道道勒口,深达寸许。地上的青石板亦见斑驳。还有什么东西,能比石头记载的岁月更悠久古老;还有何种岁月的伤痕,如建水这些井眼般,记载得如此清晰?

挑水、淘米、洗菜,如今的建水人,一样守着井生息,守着沧桑岁月,守着彼此的生死。探身下望,水意浸寒肌肤,想起小时候喜欢伏在村后的那口古井旁,把脸往井沿下探,然后鼓足了气大大声响,声音在水井中轰然回响，经久不息，宛若宿命回音。

入夜的建水，黑如墨染。那夜，寻了去朝阳楼上的茶馆听"建水小调"，古香古色的茶馆中间，靠墙搭了小小戏台，请了演奏的师傅，几个侍应生原就穿了大红长裙，台上一站就当了歌舞演员，从二胡、吉他到丝竹小调，民歌、俚语、地方曲艺也算节目丰富，一盘瓜子一杯清茶可谓建水晚间的最好去处，唯一可惜，歌舞表演单调了些。

歌舞散罢，夜也阑珊，走在街灯零落的大街上，方才惊觉，建水之夜虽有灯火，那夜却仍黑得浸墨一般，仿佛一眨眼一切都将隐入无边黑暗里去。一点不似其他城市，夜晚亦同白昼，想是较少霓虹灯影之故。

第二天，去寻建水的陶。想来许多人均不知，建水紫陶也曾是中国四大名陶之一。有"体如铁、色如铜、音如磬、亮如镜、光照鉴人"之誉，相比其他各地名陶多从造型和品种上下功夫不同，建水陶喜将书画搬上陶器，意趣别有不同。

陶厂位于城郊，已半破落，美术工艺陶厂，听说正在改制。

厂长是个三十来岁保养不错的女子，偌大的展示厅里，我们闲聊，用建水紫陶喝铁观音，听厂长介绍建水陶的工艺。四周的陶漆色居多，偶尔有红陶和白陶。建水陶采用的是无釉磨光的工艺，有些烧得好的窑变，仿佛镀了光，细腻的质感，褐漆色的底子上，或泛着幽丽的孔雀蓝，或闪着幽幽青光，上面的花纹水草似真似幻地涌动。建水陶窑变烧出的颜色，很难言说，烧制出的样式和那些特别的弧度，都叫人惊叹，色彩与灵魂交融的舞蹈，和五彩的瓷相比，相差很远却各敌天工。从底胎里出来的细和薄，彩而不艳，光滑细腻，清幽宛转，宛如竹间落下的风，清凉一片。陶，是拙而藏精的，胜在厚重，自有端庄和气度。反应在种花，尤是如此。即便是寻常的一个陶盆，栽一株兰花，数片绿叶搭衬下，意趣便宛然。若换了瓷盆，因着太精致，反而会夺了花草本身的韵味，总有些不伦不类喧宾夺主的意味。

所以，我极爱用陶盆种兰的人家。比如丽江，就有很多院子里有，所以我经过，总是留步，窥探许久。

与其说是为了兰，不如说是窥探和想象一种生活。

时空遗忘的角落

一切都缘于它那不该属于一个火车站的美丽名字；然后是已成历史见证的法国人留下的法式建筑；最后，它便在几度辉煌，而今湮灭的回忆里，慢慢沉静，沉浸在浪漫而冷清的小站里，直至遗忘了身份，遗忘了时空……

蒙自是滇南的心脏，而碧色寨火车站是20世纪初蒙自商业辉煌时代的见证，云南的骄傲。这座历经百年的小火车站，至今仍然每天迎来送往着来自滇越火车站上的二十趟列车，偶尔也会有中途搭车的乘客。

说起它的历史，漫长而曲折，如这古老的铁轨在蓝色天空下蜿蜒伸向大山深处。

蒙自是云南近代史上重要的对外贸易口岸，1889年到1910年海关开关是蒙自外贸的鼎盛时期。蒙自的繁荣引起了西方列强对云南筑路权的争夺，最终由法国人获得，并由1903年开始修筑滇越铁路。其中滇段在蒙自境内的里程长五十九公里，1909年4月15日通车至碧色寨。

比邻火车站有个小村庄，它先于火车站存在，原名叫"坡心"，却因一个法国驻蒙自的官员发现这里依山面海的美景，取名"碧色寨"，小村庄便因火车站而得名，并与之同名。滇越铁路的开通，使最初只有十几户人家的碧色寨，成为铁路线上的一个特等站，之后迅速成为一个异常繁忙的中转站及贸易集市，最终成为云南进出口贸易的重要集散地。

滇越铁路和个碧石铁路先后改变了碧色寨的命运。前者使它获得了生命与繁荣，后者成为它的尊严与骄傲。滇越铁路通车后，为了掌握个旧锡矿的运输，云南的商贾们自筹资金修建了个旧至碧色寨的个碧铁路，后又延伸到石屏。1921年，从碧色寨发出经蒙自城边到锡都个旧，轨距仅六百毫米的个碧石铁路通车运营。据说，个碧石铁路是中国近代历史上主权最完整的一条铁路，虽然现在只剩下几间站房、机车房和长满野草的一段铁轨，但也足够成为云南的骄傲了。

此后，碧色寨成为滇越铁路与个碧石铁路的交汇点。由于两条铁路的轨距不同，所以两路在碧色寨相汇时只能使用各自的车站，滇南一带的旅客和货物到了这里要换车转乘，就像现在的地铁一号线换二号线一样。转运货物的增加，使得经营转运业务的商号应运而生，最多时达到三十家，其中包括大名鼎鼎的大通公司。每天，转运的货物堆积成山，上千名工人不停地装卸，直至1958年以前，这小小的火车站上，还有四十八名站员，一千多名职工。

碧色寨的村民也因火车站而改变了生活，靠给火车站提供各种服务获得报酬。

贸易的繁荣，交通的发达，使得碧色寨一度取代蒙自成为新的进出口贸易集散地，随之而来的是人口的增加。在海关分关和邮电局分局在碧色寨设立后，这里成为外国人眷顾之地，各式餐饮、旅馆、商铺应运而生。先后有美国美孚三达水火油公司、法商亚细亚水火油公司、德商德士古水火油公司在这里设立转运站和仓库。而洋行中最著名的，便是希腊哥胪士兄弟办的哥胪士洋行。

辛亥革命时，蒙自发生了一起"火烧洋关"的事件，由于是针对洋人的行动，所以各国对中国政府施加压力，要求赔偿，哥胪士兄弟也借此得到了大笔赔偿金，建起了哥胪士洋行。因为它是众多洋行中最守信用的一个，生意逐渐兴隆，在蒙自经营时间长达三十五年。"只要你拿着钱进来，从一根针到建筑用的钢筋、水泥，而且哪个国家的都有。"1938年，西南联大搬来蒙自，闻一多等都在洋行楼上住过。如今洋行已经不在了，但它当时附设的哥胪士酒楼仍然屹立在南湖湖畔，保存完好，是蒙自规模最大的西式建筑，至今生意都特别好。

据说，当年最繁荣时，有国内十八个省一百零八个县的游民和商人，跑来这个号称"小香港"的地方闯码头。周围的人都知道"蒙自城买不到的东西，碧色寨买得到"。这个小火车站，每天商贾、洋人，人来人往，

车水马龙，灯火辉煌，一笔笔交易在这繁荣浪漫的小码头进行着。

1940年9月12日，为了防止已占领越南的日军长驱直入，北侵云南腹地，政府下令拆除碧色寨至河口一百七十七公里长的铁轨，炸毁中越铁路大桥。1957年12月，虽然滇越铁路碧色寨至河口段修复通车，但没有了外贸运输，碧色寨已经难以恢复昔日的繁荣。1959年10月，随着碧色寨至蒙自的寸轨铁路拆除，碧色寨不再是滇越铁路与个碧石铁路交会的枢纽。这里被彻底冷落了，碧色寨重新成为一个以农业为主的村寨，曾经靠火车站吃饭的人民，都只能外出另谋生路。繁荣了长达半个世纪的碧色寨，退出了它的"黄金时代"，留下的只是一个小火车站。但它在云南人的记忆里，永远不会只是个火车站那么简单纯粹，它承载着曾经的光荣与梦想，繁华与辉煌。

夕阳洒下的光辉，长长地落在冷清得只有一两个站员看守着的铁轨上。那金黄色而落寞的余晖，就如这火车站被"黄金时代"的历史划过还不曾完全消褪的尾巴，美丽得寂寞，冷清得丰厚。我靠在站房的屋檐下，望着铁轨空空，没有火车经过，也没有过客驻足，大地被金黄的阳光洒满，有一种说不出的平静与疏淡。

历史已远去。一个人就这样靠在小站上，除了历史留下的大气的寂寞外，什么辉煌与曲折都感觉不到，好像自己也如这历史，如这小站般，被时间遗忘了。这里还有个小小的驻足，被遗忘的乘客……说不清，到底是我被什么遗忘了，还是我遗忘了时空。

小站连同后面荒山上的一座站房，已列入省级重点文物名录。令人惊奇的是，碧色寨既作为文物，又同时还在运营着它的顽强生命力。

散落在小站附近的，还有法国人留下的大水塔、几间洋房，和昔日的哥胪士洋行，以及对面不远处的大通公司。那个叫碧色寨的小村庄，现在如同它当初般平静安详。

这些统统加起来，还是能组成那个浪漫优美的名字——碧色寨，一个将作为历史和回忆，永远铭记在蒙自史册和伴随它辉煌没落的人们的心里。

迤萨：大山深处的欧式小镇

哀牢山腹地，茫茫云海雾谷，森森林莽山峦。沿红河谷而下，从那些荒蛮的大山走进更荒蛮的大山，干热、缺水。红河古渡边，在一座高高的、山梁已经挣裂的红土山头上，却奇怪地兀立着一座小小的很有人气的古镇——迤萨（今红河县城）。在哀牢山中，悄悄流传着一句话，这个古镇有三多……出门汉子多、寡妇多、金子多……

"半开"把马都压趴了

金子多的古镇里，老街拥挤而狭窄，坡坡坎坎的街道上铺着些狗头石。一条街转七八个拐弯上十几个坎儿是常事，走到窄处，有的地方竟只能容一人独行，街道不分东西南北长短大小，只是顺着房屋拐，沿着建筑与建筑之间留下的空隙延伸，走在迷宫似的街道上转来转去找不到出口，想来，贪图金子的盗匪到了这里只怕也是要迷路的。

窄仄的街道上拥挤着许多老屋，这些老屋却奇怪地显现着各自不一般的个性与逝去的繁华。明清式的四合院雕梁画栋，花木假山；法式的洋楼拱门圆窗，石堡壁上有着护院的枪孔；中西合璧的庭院里，青瓦飞檐下却有彩色玻璃窗子和阳台；有的房屋既非教堂也非医院，却说不清缘由地在大门顶上凸立起一个十字架，或加上欧式的阁楼与浮雕……你不由感叹，在这遥远的大山里，这样的宅院真怕是要许多金子才盖得起来，院中的老者摇摇头道:"是银洋,一驮一驮地半开!马都压趴掉。"漆色斑驳的老房子大门紧闭,牢牢地守着一份褪去的铅华与苍凉。好不容易喊开门,守在这些深宅庭院中的竟大多是些素衣小脚的孤单老妪。

红河武装部的司机小李是本地人,家住典型的中西合璧建筑风格的院落。他妈妈把家谱拿给我看,他们现在是哈尼族,但先辈是从内蒙古南下的蒙古人。他在当地土生土长,对周围情况极为了解。他领着我敲开了一家一家的大门。

也许是因为有熟人带路,也许是因为长长的日子太寂寞,老阿婆们很乐意与人交谈。迤萨城悠悠的往事便穿过那些苍苍的白发,穿过那些脸上深深的皱纹,一圈一圈地荡漾了出来。

"下坝子""走烟帮"

"迤萨",是彝语,意即干旱缺水之地。从前,这儿四周是经济落后的土司辖地,当地的人少事农耕,深藏在哀牢山中。此地几百年来交通闭塞,从盐巴、针线到犁头等生活生产物资全靠经商者人背马驮,过往商旅在这里食宿歇脚,日深年久便成了驿站。杂居在这里的汉人、哈尼人曾事冶铜,后因铜业倒闭,为谋生路,男人们便三五成群相约"下坝子""走烟帮"。

"下坝子"就是赶着马把边地奇缺的盐巴、日用百货运到老挝、越南、缅甸等地的边境一带买卖,再运回珍贵的药材山货。马帮的路线一般是绿春——江城——思茅——老挝、越南、缅甸,或从元江到红河渡口再辐射到边境一带。"走烟帮"则利用当时边地对大烟忽禁忽放的空档与时间差做些运送与买进卖出的生意。这是一条充满发财梦想与诱惑之路,也是一条用生命做抵押的凶险之路。出国发了财回来的,娶亲、盖房子、置田地、穿洋装、听留声机、开商号……成了此地的成功人士。那迤萨镇上一幢幢风格各异的建筑便是那些"成功人士"到过国外发了财，开过眼界，资金雄厚的明证。而许多人则因路上山高水险、热病瘴疠、盗匪窃贼、洪水野兽、生意亏赔而抛尸荒野、客死异国他乡……或在外难归，讨了境外的女人，落魄一生只做思乡之梦。

望枯红颜的等候

留在家的女人们从男人一出门便把一生的梦系在等待上，他们夜间守一盏孤灯与寂寞相伴，做点小针线活，省吃俭用苦苦度日。一听说有马帮回来，便到西门口张望，三年、五年、十年、二十年、五十年……望穿秋水，望枯红颜竟也无怨无悔，自己认命，不思再嫁。

我走进下寨街一户人家，那古朴典雅的民居使我流连，坐在门洞黑影里的老太太却幽幽告诉我，她九十岁了，在这里坐了七十年了，就是等一个人，自从新婚第二年送他下坝子后，她就在这儿等着。听说他在老挝，听说他在那儿又讨了老婆有了儿女，听说他还是想回来的……我感到肌肤一阵阵发凉，七十年前坐在这里的一个俊俏的小媳妇像一个幻影，这幻影和门洞中的白发老妪互相交叠着穿越过七十年光阴寂寞的黑洞，我不知道这样的一生意味着什么？再走进一家，里边三位老婆婆是三姐妹，三个人的丈夫先后跟随着马帮出去后就再也不曾回来……

小李说，有一位老人现在很有"知名度"了，他领我来到姚奶奶家。小李告诉我，姚奶奶没能等来丈夫却等回了丈夫的儿子。姚奶奶十四岁嫁给了一个姓马的十七岁的男人。在她十六岁的时候，她的男人跟着马帮去了老挝。她天天盼，月月盼，但没有盼来丈夫，却盼来了她的丈夫在老挝又娶了个女人，又安了个家的消息。这种心痛是无法言说的，但只要丈夫没死，她还抱有一丝希望。丈夫来了信说异国的女人怀了孩子，这个孩子生下来要交给她抚养，她又得到了一丝欣慰。她等啊等，没有等到孩子，却等到了丈夫的死讯。他求她念夫妻之情为他守节。那个异国的女人也说，为了他，我们姐妹俩一起守。那年她才十九岁，她清楚这个"守"字的含义。后来她看到了照片上的儿子和那个异国的女人，儿子的名字叫"平安"。异国的女人没有守住，很快嫁人了，儿子交给了外婆，等有机会送来给她。这一等就到了1980年，儿子已在法国定居，中国开放后才可以和妈妈联系，还寄来了照片。又过了十二年，她已经七十七岁的时候，在她的小院里，一个头发斑白的男人跪在了她的面前，喊出了"妈妈……"这一声痛彻她的心腹。

　　我一步步踩着迤萨老街上那些石头路，抚摸驿路上专供马锅头喝水的大石缸，拍下一张张的沉重历史。仔细辨认着建造石缸时刻在上边的文字"村之西，通衢也。商旅往来，络绎不绝，当丁壬日暮途穷商贾云集，常数千人……"不知这些石头上留下了几多男人的汗水，收贮着几多女人的眼泪？公元1960年第一辆汽车第一次开到了迤萨古镇，于是，这个古镇上每天不绝于耳的马蹄声逐渐远去。对于遥远的哀牢山来说，迤萨古镇诠释的是一段云南人写就的行走和生存的历史。

那些感动过我的事物（代后记）

与一个地方的无限接近或深情，是源于一个人或一件事。

对世界无限的热爱，给了我无穷无尽的好奇心，也给了我迈步向前的勇气。越走越深，越辽远，越寂静，越饱满。

对于昆明，对于云南最亲切的记忆，是我的那一张小小的床、忠实的旺财，还有那一只很娇媚的兔子，那就是"家"，但至今我也说不清这个家的确实地址是在哪一个区、哪一条街上。

从2001年的昆明、开远、蒙自之行开始，以及时隔不久的昆明、版纳、思茅之游，再至2003年的与老迈一家（《欧阳海之歌》的作者金敬迈）的昆明、版纳之旅，之后，就一发不可收拾了。掐指算来，从那之后所有的我一人"在路上"，前前后后就不下十次，并再也不能说是"游"，只能说"走"。

此时的我，已被大自然"启蒙"。巴西作家Paul Coelhe在《朝圣日记》一书中说的：

"当你旅行的时候，你会以一种实在的方式体验到再生的过程。你会遇到全新的环境，时间也因此变得更加缓慢，而且在大多数的旅行中，你甚至不懂那里的语言。因此，在旅行中，你就像一个刚刚离开子宫的孩子"。2006年7月，当我独自面对独龙江黑沉沉的大山、湍急的河流，还有纯朴的百姓，我如一个孩子一样，失声哭了起来。那时的我，就是一个孩子。

2003年，在广东我认识了来自云南的朋友张克琳，之后，我们就成了"一丘之貉",相近的爱好、习性,还有许多她告诉我的"什么是生活",让我们靠近,其实最重要的还有我和克琳都极爱的昆明那座立交桥下的"烧饵块"。克琳,这个后来被我的朋友、云南女作家海男定义为"暧昧"的女人,着实充满着魅惑。

那一张小床是克琳家的,是她专门在女儿天天那间小小的房内为我搭建的。每次可爱的天天听说我要来昆明,总会赶紧将房间打扫得干干净净;旺财,是克琳家的一条狗,虽然最近克琳已把它送给了别人,可它还是会每天回到家里来,家人也常常在一些角落或者鞋上闻到她留下的味儿;那只兔子极富有女性气质,却是一只男兔子,忒喜欢在人前撒娇,与主人如出一辙。

对一个地方的记忆常常是意料之外的,而这些记忆就随着你走的路程的增加而积累了起来,到哪一天,你盘点起来就会发现是多么富足。昆明可爱的"缪小资"和彭颂,还有去了丹麦的俊朗的克兰,开远的卖桑葚的小男孩,澜沧县戒毒所的苏所长,思茅美丽的纳西族四姐妹,版纳傣王的一家,还有余阳,基诺族女法官左璐,楚雄直率的女作家黄晓萍,泸沽湖的"老表"们,德钦的扎西、木梭、马建忠,保山的兵哥哥们,腾冲的张大姐一家,怒江富有传奇经历的龙建平、丁大妈,独龙江遇上的兵妹妹……太多太多的人和事,他们丰富着我的视野,让我成长,更重要的是让我越来越谦和。

生活的轨迹既然不能事先确定,为何我开始的旅程不是他地而是从云南开始?也许这就是机缘,我信!也就如我之所以成为父母的女儿、丈夫的妻子、儿子的母亲、他人的朋友一样,是天命!许多东西是天赐的,不论是有形的还是无形的,是你本拥有的,还是他人给予的?这一切理当感谢,于心!

水到渠成。当这一切拥有在心中洋溢着,还不如将他们形成文字,让更多的朋友来感受。让我那些高原上的朋友"走出来",也让我身边的朋友感受高原的人文。所以,这绝不是一本浮光掠影的游记,告诉你何地好玩,何地有什么好吃的,何地如何玩能省钱。

有关云南的文字很多,将他们放在我的脑海里整合,先跳出的是她,那就她了——香巴拉。何来的"背影"?无须面对当地的人或事,在他地沉浸于其中,也许会少了溢美和虚伪之词。

面影最终会成为背影,一切都会远去!

太多的具象在我的脑海里,我一直想抓住的是那飘摇的经幡(风马旗),藏区随处可见的玛尼堆,玛尼石上篆刻着的"六字真言"。那字上所着的五种颜色的含意大约是与玛尼堆上五色经幡的含意相同,即代表着无上的大自然:蓝色表示天空、白色表示祥云、红色表示火焰、黄色表示大地、绿色表示森林与江河。经幡在风中飘动一下,就是向上天诉说一次六字真言……这喻示着什么?也许就是天地人和、世象适度与平衡吧?!

香巴拉,藏经中所言及的理想王国,而由此衍生的"香格里拉"成为唯一一个只有引申义而没有本义的词汇。抒情多于神秘,发明多于发现,无多于有,美多于真。于我而言,用头脑行走于天地间,用眼睛观察真实的人文,那样的境界才是我的"香巴拉"。我珍惜我的拥有。

那一刻,松赞林寺,我转动所有的转经筒,是想触摸神的指尖……